KB265404

장마철에

장마철에

이 도서의 국립중앙도서관 출판시도서목록(CIP)은 e-CIP 홈페이지
(http://www.nl.go.kr/ecip)에서 이용하실 수 있습니다.
(CIP 제어번호 : CIP2013006735)

장마철에

2013년 5월 22일 초판 1쇄 인쇄
2013년 5월 30일 초판 1쇄 발행

지은이 | 임종철
펴낸이 | 孫貞順
펴낸곳 | 도서출판 작가
　　　　서울 서대문구 북아현3동 1-1278 (우-120-866)
　　　　전화 | 365-8111~2 팩스 | 365-8110
　　　　이메일 | morebook@morebook.co.kr
　　　　홈페이지 | www.morebook.co.kr
　　　　등록번호 | 제13-630호(2000.2.9)

편집 | 이승철　디자인 | 오경은
영업 | 손원대　관　리 | 이용승

ISBN 978-89-94815-32-9

값 10,000원

장마철에

임종철 시집

작가

이제야 첫걸음이네요.

등단 30년 만에 첫 시집이라, 부끄럽고 미안하네요. 게으름과 산만함의 증거겠지요. 등단은 어쩌면 문단의 선배님들로부터 "인정" 받는 것일 텐데, 이제야 비로소 "첫 발표"로 "인정"을 바라고 있는 셈이 되었네요. 이제 많지 않을지라도 독자들로부터 "인정" 받게 된다면 저에게 큰 축복이 되겠지요.

"이제는 사랑이다"라고 시집 해설을 써주신 임헌영 평론가 님은 저에게 "선생님 같은 선배님", 동시에 "선배님 같은 선생님"이지요. 저로서는 어설프고 아슬아슬하게만 느껴지는 졸작들을 잘 해설해 주서서 "꿈보다 해몽이 좋은 격"이 되었습니다. 감사드립니다. 그리고 채찍 주신 대로, 앞으로도 열심히 쓰겠습니다.

올해 환갑을 맞으며, 우왕좌왕 살아온 제 행보들이 또 다시 부끄럽습니다. "눈길에 갈팡질팡하지 말라" 하신 김구 선생님의 말씀은 저 같은 어리버리한 '못난이'가 있을까 후대들에게 남기신 것 같습니다. 그래도 곁에서 지켜준 아내와 가슴앓이하신 어머님, 일찍 돌아가신 아버님 대신 자식처럼 길러주신 집안 어르신들, 그리고 자식들과 형제들 덕택에 여기까지 온 것, 새삼 감사드립니다. 아울러 이만치라도 키워주신 여러 선배님, 후배님들에게도 거듭 감사드립니다.

하느님, 이제 "시"로 가겠습니다.

2013년 5월, 임종철

차 례

1부

석류

불씨가 여물고
숨결이 뜨거워지면
살갗이 터진다
아, 놀랍다 하리,
끊임없는 이슬 맺힘
칼로 다스릴 수 없는 향기

봄똥

입맛 돋구는 상큼한 풋내음
누구는 봄동무침이라 하고
누구는 얼갈이김치라 하데

그 이름마저 상큼하게 살아나면서
지친 몸으로 어기적어기적 겨울밭 일구고 씨 뿌리던
그 시린 손이 그리던 봄빛으로 살아났구나

오오 언 땅속에서도 게으름 피우지 않았네
추위 속에서도 따스함을 그러안아
안스럽도록 고운 새잎을 싹틔웠으니

찬바람에 가슴 스산할수록 새 꿈을 새기는
호미질 손끝 따라 풋풋한 봄이 되었구나, 봄동이여
흙빛 얼굴에 피어오르는 그 엷은 웃음이 되었구나,
봄동이여

봄동이라 부르기 아깝다.
봄똥!

어머님께 올리는 말씀

어제는 늦가을 밤비가 내렸습니다.
하지만 오늘 이 기쁜 날 하늘은 환하게 개기 시작했
습니다.
오늘 이 기쁜 날 맑은 하늘만큼
어머님의 마음도 맑아지시는지요.

못난 자식들
너나없이 못난 자식들
한데 나가서는 제법 으쓱거리고 우쭐대다가도
어머님 앞에선 올 데 갈 데 없는 천덕꾸러기 자식들
나이가 들어서도 철부지인, 아니 나이가 들수록 철
부지인 자식들
어머님 앞에선 늘 빈손입니다.

우리 자식들에겐 언제고
어머니로 어머니로만 존재하시는 어머님
그동안 살아오신 한평생이 어떠하셨나요
늘 주시는 존재

받기보다는 늘 마음 깊은 곳
　그 깊은 마음 속 진한 슬픔까지도 그리움으로 내어
놓으시는 존재

　어머님
　우리 시대 어머님은 오로지 어머님이십니다.
　여성이기보다는 어머님이십니다.
　아내이기보다는 어머님이십니다.
　어머님
　자기자신으로보다는 누군가를 위해서만 살아오신
어머님
　아니 이 못난 자식들을 위해서만 살아오신 어머님

　오늘 저희는
　어머님께 드릴 것이 없는 아니 가져갈 욕심밖엔 없는
　저희 못난 자식들은 애오라지 그리움을 드립니다.
　어머님께서 마음 속 깊은 곳 어머님만의 그 진한 슬
품마저

그리움으로 저희에게 주셨기에
저희 못난 자식들 그리움만을 드립니다.

어머님
저희 못난 자식들은 오늘 이 기쁜 날 드릴 것이 없어서
말씀으로만 큰절 올립니다.
하지만 어머님 살아실 제 꼭 드리고 싶은 것이 있습
니다.

어머님
훈훈한 봄바람에 실려오는 꽃향기를 드리고 싶습니다.
겨우내 별러서 나오는 새싹 새나물 그 풋풋한 맛을
드리고 싶습니다.
어머님
맑은 땀 흐르는 여름날 건듯 부는 산바람 강바람을
드리고 싶습니다.
소나기 쏟아지고 난 뒤 미루나무에 빛나는 그 햇살
을 드리고 싶습니다.

어머님

온 가을들판에 물결 지는 오곡백과 그 황금빛 물결
을 드리고 싶습니다.

개울마다 살지는 잉어 가물치 밤새 뒤척이는 그 철
퍼덕 소리를 드리고 싶습니다.

어머님

길고 긴 겨울밤 온 하늘에 반짝이는 별빛 그 환한 기
쁨을 드리고 싶습니다.

섣달 늦은 밤 잠투정 섞어 성가시게 보채는 손주들
칭얼거림을 드리고 싶습니다.

어머님

이 모든 아름다움을 어머님 살아실 제 드리고 싶습
니다.

어머님, 하고 부르는 그때
뭉클해지는 가슴 그 목메임으로 드리고 싶습니다.

어머님, 하고 부르는 그때
눈앞을 가리는 눈물 그 바보스러움으로 드리고 싶습

니다.

어머님
이 기쁜 날도 이처럼 응석받이로 미련만 남아
드릴 것이라곤 못난 모습 그것뿐인 자식들 소원은
하나뿐.
봄 여름 가을 겨울 사시사철 드리고 싶은
그 모든 아름다움을 어머님 살아실 제 드릴 수 있도록
오래오래 살아주세요.
게으를 대로 게으른 자식들
제때제때 제대로 드리지 못함을 꾸짖으시면서
때늦게라도 드릴 수 있도록
오래오래 힘차게 참으로 힘차게 회초리 내리치시면서
오래오래 살아 계셔서
이 모든 아름다움을 받아주세요
드릴 것 없는 못난 자식들 소원입니다.

희망사항

1. 꽃밭

보게나 이 꽃밭 벙그러지는 꽃봉오리들

애초엔 팍팍한 돌밭이었더랬다네
그 먼저엔 들꽃들이 작지만 눈부시게 피었더랬다네
언젠가 일찍 잠깬 일꾼들이 일어나
어스름 달빛에 괭이로 돌을 캐내고
콕콕콕콕 호미로 땅을 골라내어
꽃씨를 심었다네
바람결에 날아온 씨앗도 있었다네
모종을 심고 묘목도 심었다네
흙을 북돋고 이웃에서 길어온 샘물을 부어주었다네

보게나 이 풀밭 벙그러지는 꽃봉오리들
예수는 말했다지
사람이 떡으로만 살 것이 아니라
하느님의 말씀으로 살아야 한다고

뒤집어보면
사람이 말씀으로만 살 수는 없고
떡이 있어야 살 수 있다네
또 다른 말을 해보겠네
사람이 꽃으로만 살 것이 아니라
뿌리로 살아야 한다고

흙과 물과 바람으로 태어나
함께 일하며 놀며 살다가 죽어가는
가난하고 아름다운 삶은 이미 깨어졌지만
일 없이 놀고먹는 자 밀어내고
우리 스스로 풀밭이 되세
잡초 독초 밀어내고 풀밭이 되세

  2. 깃발

손을 흔들었네
손수건을 흔들었네

작은 깃발이 나부꼈네
많은 깃발이 나부꼈네
우리가 세운 우리의 깃발
하나같이 힘차게 펄럭이네
깃발의 숲으로 펄럭이네
사랑스런 우리의 깃발
자랑스런 우리의 깃발

  3. 날개

우리의 가슴속에 꿈의 날개가 자라더니
우리의 어깻죽지에 힘의 날개가 솟아났네
깃발을 흔들자 우리가 깃발이 되어
날개가 돋자, 우리 모두 날개가 되어
새 땅 새 하늘로 우리는 벌써 날아가고 있네
날아가고 있네

솔술 한잔
— 가야금을 위하여

투두둑 쏴아아아 투두둑 쏴아아아
솔바람 소리 사이로 눈덩이 터치는 소리
산사의 새 아침에 차 한 잔 받았는데

이것은 못 속이지 그냥 차가 아니야
솔잎 술 아득한 향기 머리까지 맑게 깨어
큰 덕담 만남의 기쁨 웃음소리 커가네

뽀로롱 찌지지이 뽀로롱 찌지지이
작은 새 노래 가르는 검은 새 울음소리
깊은 산 짙은 어둠에 한줄기 직선 햇빛

도 닦는 스님들이야 그 길로 가시련만
나그네 속한이들 제 갈 길 따로 있지
땀과 꿈 사이사이에 이래저래 술 한잔

고考[*]

산이 하나 쓰러진다 해도
또는 솟는다 해도
슬퍼하거나 기뻐하지 않음이
난세를 사는 지혜임을

빛 없는 하늘에서 요령이 울고
새로 움트던 싹이 눌리던 사월
그 봄이 지나 당신의 아들이
그 봄을 눈뜰 때쯤
새로 버들 날리던 사월에
아버님은 떠나셨습니다
붙들면 놓지 않는 큰 뜻과 더불어

다시 요령이 울어, 울음을 불러
아버님과 아우와 누이들이 흐느껴, 고향 들녘에 퍼
졌어도
마리아가 붙든 십자가가

예수의 피 흘림 근처에 서성이진 못했습니다
부활조차도 믿기지 않아 했듯이

산에 누운 젊음들, 함성, 질주
무엇보다도 용기,
열심히 칼을 드는
이제 쓰러진 무수한 사월의 이름으로 세워진 비석들
그것을 모르는 이들은 어디로 향하는지

바다가 잔뜩 노한다 해도
또는 춤춘다 해도
두렵거나 반갑지 않은 마음이
난세에 묻히고 마는 이 땅의 우둔임을

* 고(考) : 돌아가신 아버지 고.

시쪼

시조時調가 아니다
시詩가 아니다
시쪼詩調!

시 안에도 있다
시 밖에도 있다

알맹이 없는 시의 껍질
껍질 없는 시의 알맹이

진짜가 있다
진짜 아닌 것도 있다
가짜가 있다
가짜 아닌 것도 있다

덜 익은 것도 있다
너무 익은 것도 있다

덜 다듬은 것도 있다
너무 다듬은 것도 있다

짖기만 하고 물지 않는 개가 있다
물기만 하고 짖지 않는 개가 있다
짖기도 하고 물기도 하는 개가 있다
짖지도 않고 물지도 않는 개가 있다

그 사이에 시쪼 !

지키라, 그리하면 이루리니
— 김대중 대통령 추모시

장충단 공원
나무 위에 다닥다닥 매달린 사람들
당신의 포효에 박수와 함성을 보냈지요

순안 비행장
연도에 꽃물결로 모여든 사람들
당신의 미소에 박수와 환호로 맞았지요

1971년 서울과
2000년 평양 사이
30년

당신의 모진 세월
군홧발에 짓눌린 민주주의
분단 민족의 숨막힘
화악 트였죠

1924년 하의도 섬에서
2009년 서울 동교동까지
저러이 파도치던 85년 세월

당신은
인, 동, 초
죽음 앞에서도 끝까지 지켰죠
행동하는 양심

무엇이 되고자 하기보다
무엇을 해야 하느냐에
목숨 건 한평생

구금의 세월 꽃밭 물주기가
신체운동 정치투쟁이었던 당신이
경천애인 행동으로 외강내유 양심으로
생의 마지막까지

움켜쥐고 끌어안고 지킨 건
민주, 평화, 인권, 복지, 통일

망가진 몸을 이끌고
죽음의 문턱을 넘어서
당신이 남긴 가장 큰 위안이 있으니
보아라,
우리에게 우리 민족에게
이런 지도자가 있다

인생은 아름답고
역사는 발전한다

당신의 그 말 그대로

아름다운 인생을 이루고
발전하는 역사를 이룬 승리자
당신에게서 배우는

인생을 위한,
역사를 위한,
한 마디

지키라,
그리하면 이루리니.

여우비
― 장마철에 1

가만가만 풀잎이 흔들리고

솔잎에 이슬방울이 맺힌다.

눈물 같은 빗방울들,

햇빛은 여전히 이들을 비추고 있지만

작은 산에도 심상치 않은 구름이 걸리고

하늘을 볼 줄 아는 아이들의 눈빛엔

그늘이 진다.

배앓이
― 장마철에 2

설사가 멎으면 변비,

변비가 끝나면 설사

어느 하루도 쉽지 않다.

술 없이는 견디기 어려운 고비에서

배탈은 여지없이 찾아오고

참고 있자니 잠에 들지 못하는 나날,

한밤중 불을 켜드는 집에서는

아랫배가 팽팽하니 부푼다.

제비
― 장마철에 3

빗속을 가르며 나는 날개들,
어느 기스락에 머물러도
깨어지기 쉬운 꿈의 알을 품고 불안에 떠는
새로운 날개들은
언제나 아픔 뒤에 더욱 힘차다.

날아서 갈 곳이 없다면
마냥 썩어가는 서까래 아래 머물러
마음도 썩어가겠지만,
찬바람 불면 건너리라,
바다를.

여름과 겨울 사이를 넘나들며
기쁨과 슬픔 사이를 누비리라.

비와 눈 사이를 넘나들며
깨어짐 없이 헐벗음 없이

천둥번개
— 장마철에 4

두려움의 바닥은 어떠할까.
그 천정은 어디에 있을까.

언제나 있는 저 번쩍임의 뒤에는
차라리 후련한 부서짐이 있으니
지나간 폭력은 아무것도 아니다.

어느 때인가를 모른다 해도
이제 다시 오는 그것도
지나간 무너짐보다 크지 않으리.

저 높은 곳의 번쩍임이 욱대김의 시작이라면.

밤낚시
― 장마철에 5

밤새 쏟아지던 비가
새벽이 되니 잠시 쉬고 있다.
어둠속에서는, 빗속에서는
숨을 죽이고 있어야만 하는지.
한 치도 움직일 수 없어
뚝방에 우장을 걸치고 앉아
졸음으로 세월을 보내자니 허전하기 짝이 없는데,
새벽엔 어인 고운 일로 비가 그치니
물안개가 피어오르는 환상,
날만 새면 새기 무섭게 새 세상이 열리는
참으로 뚱딴지 같은 환상 속에서
바늘을 드리운다.
무엇을 걸지 알 수 없으나
떡밥 속에 바늘을 숨긴다.

산길
― 장마철에 6

우리는 주춤거리고 있었다.
이 길을 가야 할 것인가 말아야 할 것인가.
비는 쏟아지는데
아니, 간다는 건 무슨 뜻인가.
아니, 만다는 건 무슨 뜻인가.
눈썹을 타내리는 찬 빗물은 눈을 가리고
볼 수 있는 것은 발걸음 닿는 가파른 비탈뿐,
산의 모습마저 희미하다.
돌부리를 차는 발톱은 아프기 그지없고
추위는 쉬임 없는 골안개처럼 피어난다.
우리보다 앞서
눈시울이 벌개지며 달려나간 그 사람들,
무엇이 기다리고 있음직한가.
우리 앞엔 거미줄 드리운 집 몇 채,
저녁을 드는 산사람들 모두 죽은 듯하고
한숨 쉬는 나무들이 지켜보고 서 있다.
어둠이 그것마저 삼켜버리고

벌써 날 저물어 갈 길은 캄캄하구나.
어렵사리 손등불을 켜드는 지금 손끝은 떨리지만
밤이 깊어지니
곧 숨은 뜨거워지는 것이고
꿈의 아침이면 이 비는 그치고 마는 것이니
아침이면 해가 뜨는가를 묻지 않게 되었다.
주춤거리지 않게 되었다,
우리는.

개부심
— 장마철에 7

다 이루었다고 몸을 누이는 사이에도
우리가 방심하는 사이에도
저 먼 바다는 끊임없이 뒤채며
부글부글 끓고 있다.

걷잡을 수 없는 회오리바람을 일으키며 솟구쳐
타는 살갗 식힐 곳을 찾아
길을 떠난다.

멀고 먼 길을 헤매이면서
생각도 않던 맞바람을 만난 바다는
바로 우리의 머리 위에서 추락한다.

다 자란 아이들이 쓰러지고
들판도 쓰러져 낟알들 송두리째 썩어가도
살아감의 끝을 잊기 일쑤인 우리
우리의 집도 무너져 떠날 수 없다.

길마저 무너져 떠날 수 없다.

돼지감자
— 장마철에 8

버려진 것이 아름다울 때가 있다.

버려진 것만이 아름다울 때가 있다.

숨 멈추고

울장 아래 어둠의 흙 속에 묻혀 자라니

곁가지를 보고야 곱다는 이 없어도

뿌리를 부풀리며 커가는 것들의

사무치는 속살이 아름다울 때가 있다.

밝은 햇살이 오지 않는 나날에

젖은 그대로만이 아름다울 때가 있다.

강물노래 1

어디에서 오능가
흘리기가 바쁘게 더 큰 하나가 되는
저 나무들의 땀방울들은
저리도 거리낌 없이 어깨 걸고 노래, 노래 부르며
어디에서 오능가
자갈을 굴리며
바위까지도 굴리며
그들의 허세를 깨고
그들의 부끄러움마저 씻어주면서
어디에서 오능가
벽을 허물며
때로는 모래 틈을 스며들어서라도 오능가
저 냇물들, 저 강물들은
어디에서 오능가

강물노래 2

재잘재잘 노래하는 물방울들아
반짝반짝 재치 넘치는 물거품들아

어리석디 어리석게도
개흙과 살을 부비며 기어가는 강물을 보아라.
찬바람 휘뜩 부는 겨울날
너희들이 얼어붙어 꼼짝 못할 때에도
피라미, 붕어, 잉어들을 키우며
쉼 없이 헤쳐 가는 강물을 보아라.

더 멀리 더 넓은 곳으로 가서
여기는 바다인가
여기는 민중의 바다인가 물으며
새로운 길을 찾는 강물을 보아라
타오르는 갈증 끓어오르는 숨결로 날아올라
저 높은 곳에 이르러서도
여기는 하늘인가

여기는 해방의 하늘인가 새삼 물으며
어리석디 어리석게도
저 낮고 낮은 곳으로 스스로 돌아와
개흙과 섞이는 강물을 보아라.
옹알옹알 투정 늘어놓는 물방울들아
설렁설렁 잔꾀 부리는 물거품들아

강물노래 3

뒤늦은 벗들을 기다리며
소리 없이 잠 속으로 들어가
꿈을 꾼다.
이윽고 때가 와서
타 넘어갈 수 있을
때가 와서
웅크린 채로 잠을 깨어나
나중 온 벗들을
먼저 무동 태워 넘긴다.
개중에는 넘지 못하고 거품으로 주저앉고 마는
연둣빛 여린 벗들도 있다.
그야말로 헌신짝을 끈 채 어깨를 늘어뜨리고
몸마저 망가져 더러움 그대로
술 냄새를 풍기며 누더기로 오는 벗들도 있다.
주검의 현장에서 용케 목숨을 건져
살아남은 부끄러움에 가위눌리는 모습으로
이를 갈며 오는 벗들도 있다.
기다리던 때가 오면

아니 때를 일으키며
타고 넘거나 없애버리고
가야 할 꿈을 꾸고 있는 강물들.

불꽃

춤이랄까
드난살이 일깨우는 춤이랄까
제 아무리 뜨거워도 이 꽃 없이는 타오르지 못하는 불
제 아무리 짧짤해도 이 꽃 없이는 느긋하지 못한 삶
춤이랄까 앉은뱅이 일으키는 춤이랄까

너울너울 이 꽃의 자락 펼쳐지면
잠든 저 바닥의 느껴움도 살아나 피어오르고
늘어진 성욕도 게으름 떨치며 솟아올라
해해 묵은 자리, 내내 마른 댓돌머리
제자리 걸음마 박차고
어깨춤으로 풀무질로 내달음으로 나아가게 하는
이 꽃을

무어랄까
퍼짐성 없는 덩어리들 굳은 살갗들도
이 꽃 그리매 일렁임과 맞닿으면

또한 새로운, 새로운 꽃으로 피어나니
꽃이 꽃을 피워내는 이 꽃을
이 꽃다운, 꽃다운 꽃을 무어랄까

등사기랄까 돌팔매질이랄까 화염병이랄까
악몽 속의 바위 위에 깨어지는 달걀처럼
깨어져 바닥을 물들이며 스러지는 맨몸이랄까
꿈이랄까 정열이랄까 자유랄까 민주주의랄까
핏자국 그대로 철벽을 넘어서는
이 꽃을

너라고 불러보는 너에게
— 너에게 *序*

너라고 불러본다 바람이여
뜨거운 바람이여 사나운 바람이여

너라고 불러본다 사랑이여
따스한 사랑이여 서글픈 사랑이여

너라고 불러본다 역사여
빛나는 역사여 헐벗은 역사여

너라고 불러본다 그냥 너에게
너라고 불러본다 너라고 불러보는 너를

어쩌겠니, 약이 없으면
— 너에게 1

어쩌겠니,
너는 아픈데 약이 없으면

어쩌겠니 너는,
아픈데 약이 없으면

밥으로 살다 몸이 아픈데
뜻으로 살다 마음이 아픈데

어쩌겠니,
아픈데,
약이 없으면
너는,

지금!

분노가 에너지로 살아날 때
— 너에게 2

어푸푸
숨막힌다 숨막혀.
숨을 트자 숨을!

반독재 반파쇼 반양키 반매판 반독점 반독선…
반분단 반냉전 반공해 반폭력 반고문 반불신 반불의
반위선 반위악…
반봉건 반권위 반언론 반문명 반부패 반도덕 반패덕
반억압 반위축…
반조작 반조사 반문화 반교양 반종교…
반체제 반정부 반무기…
반족벌 반혈연 반지연 반세대…
반유행 반실속 반환락 반생활 반생존 반비굴…
반시민 반규격 반통박 반눈치 반튼튼 반빌빌 반틀
틀…
반, 반, 반, 반, 반, 반, 반……

어후!
숨이 막힐 때 숨숨숨 숨이 트인다.
그때야 숨이 트인다.

너는 던지고 있다
— 너에게 3

너는 몸을 던지고 있다.
뱀인지 뱀장어인지 모를 욕망 앞으로
너는 너를 던지고 있다.
살별인지 떠돌이별인지 모를 몸짓으로

갑자기 아뜩해지는 느낌으로
너를 보고 있는 안타까움을
너는 헤아리고 있는지 또는
또 다른 존재쯤은 잊고 있는지

너는 몸을 던지고 있다.
저 거친 아수라장 속으로 역사의 시궁창 속으로
너는 너를 던지고 있다.
가장 낮은 아름다움 속으로
가장 더러운 진실 속으로

그토록 칼같이 금을 긋는 자신감은 어디서 우러나는지

너의 몸을 박대함이 곧 너의 마음을 얻는 길인지
   그리하여 가장 높고 가장 깨끗한 부활의 세계로 가
는지

너는 몸을 던지고 있다.
끝없는 싸움터로 보이지 않는 싸움터로
너는 너를 던지고 있다.
단 한 번 몸으로 쓰는 이력서 속으로
굳이 지울 일 없는 무명의 묘비명 속으로

오오 아름다워라, 일하는 손
— 너에게 4

잘디잔 것이든 크나큰 것이든
고운 것이든 거친 것이든
일하는 손이여 너는
땀 흘리며
잘도 갈고 다듬고 엮는구나
잘도 숨을 불어넣는구나.

그리하여 너의 숨결이
네가 만든 모든 것에 피어난다.
네가 만든 하나하나가 숨을 쉰다.
그것들은
또 다른 손, 일하는 손을 찾아가
또 다른 삶과 어울리는구나.
또 다른 아름다움 이루는구나.

일하는 손에겐 떳떳하게
놀고먹는 손에겐 쓸쓸하게
그것들은

때론 웃음 속에 때론 울음 속에
제 목숨을 산다.
일하는 손이여
너의 숨결로 태어난 그것들은
여기저기서 너의 분신이다.
이제나저제나 너의 역사이다.

일하는 손이여
땀이 삶이고, 땀이 꿈이고, 땀이 힘인데

아뿔싸!
도둑처럼 스며드는 아픔
강도처럼 들이대는 산업병
알게 모르게
힘을 훔쳐가는구나, 빼앗는구나, 끊어버리는구나.
오오 일하는 손이여
너의 몸속에서 게릴라전이 벌어지고
너의 손가락을 분지르고 손목을 자르고 팔목을 비틀고

어깨를 으스러뜨리고 목숨을 끊어버리는구나
(옘병할! 옘병하다 땀낼! 옘병하다 땀내고 살아날!
 아니 옘병하다 땀도 못 내고 죽을!)

오오 일하는 손이여
너의 아름다움은 그러므로 추악한 아름다움이다.
일값 도둑놈이 내팽개친
일값 강도놈이 빼앗아간
너의 건강, 너의 건강한 아름다움은
약 오르지만
화가 잔뜩 나지만
오늘은 없다.
어제도 없었듯이 오늘은 없다.
미래에만 있다.

이제 너의 벗이며 우리인
너는 나, 나는 너이므로 우리인
새 마음 새 모임

지금 이 시간
응전을 선포한다.
게릴라전도 좋다. 전면전도 좋다.
육박전도 좋다. 화학전도 좋다. 생물학전도 좋다.
일하는 손이여
너의 몸 속에서 아니 우리의 몸 속에서 몸 밖에서
싸우자, 함께 싸우자!
못된 병과
못된 병 속으로 쳐넣는 그놈들과
이기자, 함께 이기자!
우리의 건강, 우리의 건강한 삶을
우리가 만들자.

오오 아름다워라, 건강하여라,
일하는 손.

* 〈노동과 건강연구회〉 창립을 기뻐하며.

뻔한 질문 뻔한 대답
— 너에게 5

네가 지쳐 버렸을 때
네가 울고 말았을 때
네가 깨어져 누웠을 때
네가 피 흘리며 쓰러져 갔을 때
아아 나도, 세상도
무얼 했었지?

네가 또다시 일어설 때
네가 또다시 소리칠 때
네가 끝끝내 달려갈 때
네가 땀 흘리며 땀 흘리며 역사 앞으로 나아갈 때
아아 나는, 세상은
무얼 할 거지?

봄은 온다 끝끝내
— 너에게 6

봄은 온다 끝끝내
꽃샘바람에 출렁이는 저 물결에
마른가지 끝 외눈 틔우는 나무들에
움츠리고 서성이는 이 내 가슴에
저 어두운 그늘 얼어붙은 마음들 속에
봄은 온다 그리하여
힘을 준다 뛰는 그 발길 발길에

(아니라구?)

이 겨울, 굼벵이들은 무얼 하고 있을까

모두들 얼어서 벌벌벌 기는 이 겨울
굼벵이들은 어딜 가서 어떤 꿈들을 꾸고 있을까
땅 속 깊숙이까지 파라치온 마라치온이 스며들어
모든 흙들이 시퍼렇게 죽어가는
여기저기 물마저 카드뮴 수은으로 썩어가는
화학시대 중금속시대
그리하여 비마저 살갗을 태우고
온 천지가 핵, 핵, 핵으로 뒤덮여 있는 미사일시대에
굼벵이들은 온전할까, 그 게을러터진 것들이
아무리 뒤집는 마지막 재주를 부린들 그 게을러터진
것들이

아마도 굼벵이들의 물음은 이런 거 아닐까,
사람이 짓고 사람이 뿌리고 사람이 터뜨리는
그 모든 것들이 이제 사람의 목숨을 우습게 죽이는데
뭐 별거야? 뭐 별 뾰족한 수 있어?
어차피 숨 쉬고 물 마시고 흙에서 나는 것을 먹고
결국 흙으로 돌아가는 흙덩어리들이?

아마도 굼벵이들의 재주는 이런 거 아닐까,
죽을 동 모르고 즈이들 죽이는 약을 뿌리는 사람들아
에라! 함께 죽자, 함께!
그게 굼벵이들 뒤집는 재주 아닐까.
그래 황천 가면서도 길동무하고, 꿈자리마다 나타나
스멀스멀 꿈틀꿈틀 징그러운 웃음을 웃어주겠다는
그런 앙갚음 아닐까?

여름에 듣던 그 노래 귓가에 맴돈다.
7년을 기다려 7일간 운다는 매미…
굼벵이들은 흙 속에서 얼마나 오래
그 질기고 질긴 꿈을 꾸고 있는 걸까.
이천오백 몇 날 기다려 겨우 이레를 난다 해도
하늘을 나는 자유의 꿈을 꾸고 있으니…
그리 오랜 날이라서 매미들의 울음은 서럽게 들리는
걸까.
여름내 뙤약볕에 그을려가며 흙을 일구는 사람들에게

들어라 들으라 드르라 드르람 맴 매앰 매애앰앰!
한풀이 노래를 불러대는 걸까.
(제발 그 약은 거두어라, 거두어라.
네 밥에 뿌리는 자살 약은 이제 그만 그마아아안!)
그렇게 예언자처럼 안타까이 울고 우는 걸까.

굼벵이를 죽이는 건 노래를 죽이는 것
이제 약으로 무얼 어떻게 하겠다는 건 바보짓
그 옛날처럼 설이면 콩이나 볶는 게 옳지 않을까 몰라.
타다닥 타다닥 굼벵이콩이나 굽는 게 어떨까 몰라.
그러면 못된 것들은 가고 제대로 된 것들만 살아
여름내 그 시원한 노래로 가사를 바꿔
매앰 맴 매애앰 울어주지 않을까?
(흙에 스민 죽음을 걷어내자. 걷어내자.
우리 목숨은 우리 것. 우리가 지키자 지키자아아!)
그리하여 맑은 물에 풀리는 흙덩이들로
맑게 때로 걸쭉하게 살아보자는 걸까.

팔도 사방 어느 흙에서나 푸른 하늘을 나는 꿈,
온 여름 목 터지게 노래하는 꿈을
진하디진하게 꾸고 있는 걸까.
철조망이 가로막혀 땅 위로는 못 다녀도
삼팔선이든 휴전선이든 땅 속으로는 넘나들이 한다
는 걸까?
게으르고 게으를지라도 얼마든지 다닐 수 있다는 걸
까?

굼벵이   굼벵이
 굼버리   굼버지
굼벙이   굼벙   굼벙이   굼베
   굼베기   굼베이   굼베지
   굼벵이   굼부리   굼붕기
 굼붕이
       굼비   굼비이
                   굼빙이

제2부

패랭이꽃
— 꽃밭에서 1

여름이 우리를 이처럼 지치게 할 줄 예전엔 미처 몰
랐네
한 줄기 바람이 그리워
가까운 곳 다복솔 띄엄띄엄 앉아있는 낮은 산에 올
랐네
쓰러진 줄기풀들
허리 펴고 일어서 보려 애쓰는 사이사이
더러 우쑥우쑥 주먹 쥔 손 치켜올리는
그 틈틈이
아아 젓가락 뽕짝만큼이나 천스럽기도 하지만
한 잔 술에 건들거리듯 흔들리며 서있지만
패랭이꽃이여 패, 랭, 이, 꽃이여
연분홍빛 사랑의 노래로
그대가 오오 그대들이
밀려오는 서글픔을 밀어내고 있었네

이제까지 참아온 분노를 되씹으며

세상살이 개차반을 비웃는 듯 아니면 이제 알 만큼
안다는 듯
　연분홍빛 핏기 엷은 입술로 엷은 웃음 짓고 있었네
　얇디얇은 꽃잎의 안쓰러운 웃음을 만나고
　이제야 하나쯤 새롭게 깨달았네
　이 지치게 하는 여름 시원한 바람이야 잠잠하든 말
든 하라지
　아니 기어코 시원시원하게 불어와
　새 기운을 불러일으키듯이
　바람 잠잠한 여름날
　그대를 오오 그대들을 만나는 기쁨
　온몸으로 저르르 번져간다네
　이제 그대 이름이 사랑스럽다네 비록
　갓꽃이나 사모관대꽃 곤룡포꽃이 아니라도 좋아라
　아니,
　허울 좋은 갓꽃이니 사모관대꽃이니 곤룡포꽃이니
가 나선다 해도

저 잘났다고 우쭐우쭐 나선다 해도
패랭이꽃이여 패, 랭, 이, 꽃이여
그대들 그 이름으로 사랑스러워라
그, 대, 들, 그대들이 사랑스러워라
안쓰러운 사랑이여 연분홍빛 사랑의 노래여

붓꽃
— 꽃밭에서 2

축축하니 젖은 땅 눈물로 적셔지고 핏물로 얼룩진 땅
누구나 자잘한 일에도 쉬이 눈시울이 벌개지는 땅
붓꽃이여,
꼿꼿하게 일어나서 꿋꿋하게 줏대 지키는 꽃이여

이 땅의 그 모든 붓들이
그대만큼만 꼿꼿하니 꿋꿋하니 써보라지
저 눈시울 얇은 사람들
말도 못하고, 기가 막혀 말 한 마디 못하고
그저 눈물로, 온몸으로 나아가 깨어지며 핏물로 말
하는 그 사연들
더도 말고 덜도 말고 그 사연 그대로 써보라지
한 번만이라도 단 한번만이라도 그 사연 그대로 말이지

붓꽃이여 그대,
이 축축한 땅에서
그리움의 쪽빛을 그러안고
싸움의 핏빛을 넘어
맑은 보랏빛으로 속내를 감치고 풀어내는

그 당당한 아름다움을
어디서 가져 왔는가
어디서 온몸에 담아왔는가

그대 애초엔 마음의 방랑자였던가
처음엔 사상의 순례자였던가
아니면 혁명시인이었더란 말인가
글밭에만 머물기가 갑갑하여,
쟁기질혁명의 죽창이 되고자
그리움으로부터 싸움의 들판으로 나아가
나아가 마침내 이 눈물과 핏물의 땅에 이르렀는가

붓끝처럼 부드러우면서 창끝처럼 날카로운
오오 아름다운 붓꽃이여
세상의 붓이 이르러야 할 아름다움의 모습을 이룬
붓의 꽃이여
붓의 부드러움으로 창의 날카로움으로
꼿꼿하게 꿋꿋하게 서있는 흙가슴의 사랑이여

냉이꽃
— 꽃밭에서 3

올해도 봄이 오고 나무들 싹 틔울 즈음
으레껏 눈길은 그리로 쏠리네.
호미 든 아낙들 말고는
대개들 나뭇가지 끝으로 눈길 주지만
아슴아슴 작디작은 꽃,
엷디엷으나 산뜻한 냉이꽃 내음새에
눈길이 끌리네.

개구리보다 앞질러
냉기가 가시는 걸 알아차린 냉이가
흙의 속내를 알려주데.
보잘 것 없다 한즉슨
실은 볼 것 많고 쓸 데 많은 냉이가
올 흙이 부실한지 튼실한지 일러주며
봄농사 채비를 재촉하데.

아슴아슴 그리움으로 피어나는 냉이꽃이

어제의 고향을 말해주고
오늘의 고향을 말해주데.
이제나 저제나 흙 더듬는 갈퀴손들과 함께
우리네 텃밭을 지키고 있는 냉이꽃
농약으로 흙 썩고 빚더미로 속 썩는
우리네 마을을 지키고 있데.

올해도 어김없이
논두렁 밭두렁에
텃밭에, 조막밭에, 수채구녕,
미나리깡 가장자리 둔덕에
듬성듬성 냉이꽃
가냘프게 세운 꽃대 위에 희끗희끗 피어나
눈길을 끌데
손길을 끌데.
건듯 부는 바람에 흔들리며, 흔들리며

개나리꽃
― 꽃밭에서 4

겨울은 끝장났다. 너희들은 완전히 포위되었다.
보라.
이파리보다 먼저 꽃을 피워 봄을 일깨우는 개나리
사나운 황사바람 속에 눈덩이를 허리에 감은 채로
온몸을 던져 꽃 그리움의 갈증을 풀어주는 개나리꽃
겨울을 가두고 어둠을 가두는 저 환한 웃음꽃
스스로 따스함을 지펴내어
스스로 따스해지는 노란 무더기 꽃
보라.
동지들 모여서 함께 일어나는 꽃의 행렬
비탈을 오르고, 둘러서서 비탈을 지키는 꽃의 어깨
동무
저 환한 꽃의 스크럼 저 따스한 꽃의 바리케이드
봄을 지키고, 스스로를 지킨다.
보라.
노오란 개나리꽃 무리 지어 피는 날에 봄은 온 것이다.
겨울은 끝장난 것이다.

노오란 개나리꽃 무리지어 선 곳에서
우리는 이기고 있는 것이다.
너희들은 완전히 포위된 것이다.

진달래꽃
— 꽃밭에서 5

1.

진달래꽃은 전투의 꽃입니다.
진달래꽃은 평화 사수의 꽃입니다.
뜨거운 가슴 조국 사랑의 그 뜨거운 가슴으로
동지가 일군 자유, 평등, 해방 지구를 지키기 위해
적의 총구 앞에 당당히 가슴을 내세우는 용사들
그 앞가슴에 피어나는 진달래 꽃, 꽃, 꽃……
지리산, 한라산, 아아 백두산,
금남로, 종로……
산등성이에 용사의 가슴에 피어나는
진달래꽃은 평화의 꽃입니다.

2.

진달래꽃은 놀이의 꽃입니다.
진달래꽃은 사랑 생산의 꽃입니다.
눈 쌓인 골짜기 꽃샘바람 매워도 훈훈한 봄나들이
수줍게 눈 맞추고 떨리는 손 잡아 흩날리는 진달래꽃

풋풋한 가슴 열어 서로 얼싸안고
춤추며 노래하며 하나 되는 처녀 총각
낮에는 땀 흘리며 밤에는 꿈꾸며
아들 딸 생산하는 지아비 지어미 되어
우리들 모두의 가슴속에 피어나는
진달래꽃은 사랑의 꽃입니다.

함박꽃
— 꽃밭에서 6

붉은 입술이여 야무진 미소여
짙고 고운 눈썹 빛나는 눈망울이여
크지도 화려하지도 않지만 아담한 모습
덩치 큰 수리를 이겨내는 장산곶매처럼
모란을 부끄럽게 하는 작약이여

아름다운 힘이 좋더라
작은 몸매 작은 꽃봉오리 야무진 미소여
포기는 작아도 뿌리만은 깊이 뻗어
밭을 이루는 힘은 어디 있는가

벌레 따위의 범접을 막는 그 힘 그것인가
약이 되는 그 힘 그것인가

속가슴의 뜨거움이여 피어나라
아름다운 힘이 좋더라
힘 있는 아름다움이 좋더라

붉은 입술이여 야무진 미소여
눈물방울 맺혀 더욱 빛나는 눈망울이여

물함박꽃
― 꽃밭에서 7

넉넉함이란 바로 이만은 해야지.
함박 웃음으로 뜨락이 환하도록 채워주는 꽃
물국화꽃이라 부르든 물함박꽃이라 부르든
때맞아 한 번 꽃피우면 제 몸을 온통 하얗게 덮는 꽃
싫증나지 않게 은은히 피어나서
뜨락을 채우고 마을로 번져
풋풋하게 가슴을 채워오는 꽃향기
넉넉함이란 바로 이와 같아야지.
꽃잎들 낱낱이 바람에 흩날려 보내고도
하나의 푸른 나무로 튼튼히 서서
뜨락을 지키는 물함박
땅밑 물줄기를 찾아 깊이깊이 뻗어가는 뿌리를
누가 모르랴
짙어지는 그 푸르름을 보고 누가 모르랴
넉넉함이란 더도 말고 덜도 말고 이만만 하라지.

박꽃
― 꽃밭에서 8

1.

제비를 덮친 뱀이 지금도 살아 있어요
노동자를 덮치는 능구렁이들이 오늘도 설치고 있어요
독기를 품고 일꾼들을 물어뜯는
독재 독점의 살벌한 이빨들이
일터에, 장터에, 놀이터에 칼바람 소리로 누비고 있
어요
뱀들을 능구렁이들을 이빨들을 쳐부수고
다친 제비들 노동자들 우리 일꾼들을 고쳐 줄
그리하여 박씨 한 알 얻어낼
흥부는 어디 있나요?
그 박씨 키우고 가꿔
스스로 해방을 이룰 흥부는 어디 있나요?
(아니, 그 흥부가 뭐 어디 따로 있나요?)

2.

박씨를 심어주신 뜻을 받아

우리의 어제이신 어머님 아버님 피를 받아
곱게 자라고 힘차게 뻗어 올라
담장 위에 지붕 위에 피어난 박꽃
어두운 밤엔 희뿌옇게
달밤엔 한없이 환하게 웃는 꽃
밤을 지키는 사람들이 그러안아
소담한 달덩이 열매를 키워요
새벽 허기진 배 꺼칠한 얼굴로
돌아오는 사람들을 기다려
깨끗하디 깨끗한 속살을 드릴 거예요
맑고 맑은 속풀이 박속국으로
뜨끈뜨끈 시원하게 풀어드릴 거예요
정겨운 벗들
해장술 한 잔을 해방술로 곁들이며
무용담을 꽃피울 거예요.

자줏빛 들국화
― 꽃밭에서 9

온 가을이 울긋불긋 타오르니
꽃들은 그만두고 잎새들까지도 꽃다워
작디작은 너의 모습은
풀섶에 찍어놓은 자줏빛 방점이구나
뜻이 같아서 함께 가는 벗들
햇빛 아래 땀흘림
달빛 아래 피흘림
찬바람 속에 지쳐서 잠든 밤에
푸르뎅뎅 언 잎새로 떨고 있는 밤에
너 또한 얼어 있구나
자줏빛 방점으로 눈빛만 빛내면서
눈빛만 빛내면서

복숭아꽃
— 꽃밭에서 10

이 세상 꽃이면서 이 세상 꽃만은 아니라네
새 세상 꽃이면서 새 세상 꽃만은 아니라네
이 세상에서 새 세상으로 새 세상에서 이 세상으로
넘나들이 하는 꽃
자유로운 꽃 자유로운 꿈의 꽃
봄동산에 피어날 적에
생명의 꽃으로 생산의 꽃으로 피어날 적에
이 세상 착한 처녀 힘센 총각 가슴에는 무엇이 번져
나던가
사슴 뛰노는 건강세상에서 열매 맺을 적에
부활의 열매 역사의 열매 맺을 적에
새 세상 환한 얼굴들 건강장수 불노장생의 먹거리던가
(손오공아 오공아, 육공아 탐내지 마라
너희는 탐내지 마라
생명의 복숭아를 탐내지 마라
생산의 복숭아를 탐내지 마라
생명 살상 생산자 탄압 너희는)

젊은 꽃 밝은 꽃 피어나
하나로 피어나
오늘로부터 내일까지
새로운 생명의 탄생 새로운 생산의 터전을 이루나니
아스라하게 번져오는 가슴속 그 무엇을 느낀다네
(너희들 5공, 6공도 가고)
우리들 이 세상 저 세상 넘나들이 자유의 꿈들 어우
러져
잔잔하고 소리 없지만 새콤달콤한 입맛을 느낀다네
첫 입맞춤의 그 입술 그 자유의 맛을 느낀다네
언제까지고 가슴속에 살아있을
그 느낌의 알맹이 그 자유의 열매를 그려낸다네
꿈속에서 꿈으로,
꿈같은 오늘로

조팝꽃
— 꽃밭에서 11

1.
봄바람이 건듯건듯 들판을 휘젓다가
산기슭 조팝꽃 가지를 흔든다
원진레이온 독가스 직업병사망 고 김봉환 노동자
장례투쟁 114일째
너무도 억울하여 너무도 분통이 터져
치르려던 장례마저 미루고 시신은 회사 정문 앞에
모신 채
직업병 인정, 사장 구속, 노동부장관 퇴진을 요구하
는 규탄대회장
회사 정문 앞으로 가는 길
겹겹이 첩첩이 막아선 전투경찰 바리케이드
산길 돌고 돌아 굽이굽이 들길 접어들 적에
무심한 봄바람 건듯 불어
산모퉁이 여기저기 조팝꽃을 흔든다.

2.
왜 그대 조팝꽃은
뽐내지 않으면서도 줄달아 하얗게 아름다운가
담장으로 줄 서서 개구녕이나 슬며시 열어주다가
마당비로 바구니로 소쿠리로 바수걸이로
후뚜루 맞뚜루 쓰이던 조팝나무
조팝나무꽃이여
왜 그대 조팝꽃은 슬픔으로 아픔으로 더욱 아름다운가
왜 아름다운 꽃은 바람에 흔들리면서 피어나는가
왜 아름다운 꽃은 흙먼지 속에서도 제 모습을 지키
고 있는가
사람살이에 가까이 있어서인가
우리시대 쓰레기를 쓸어내는 빗자루로 쓰여서인가
우리 슬픔을 안고 흙바람을 막는 담장으로 서있는
까닭인가
싸래기눈이라도 실컷 먹었으면
속 쓰린 배고픔이 가실 텐데 가슴 시린 그리움이 가
실 텐데

그 옛날 늦겨울의 그 속절없는 꿈이
무심한 봄바람에 무심히 되살아나고 있어서인가
돈 벌자고 밥 벌자고 배고픔 벗자고 그리움 메우자고
몸을 망치는 세상
목숨을 빼앗기는 세상
그럴수록 하루 이틀에 서두르지 말라고 느긋하게 피
어나는가
멋부린 한두 송이 아니라
여러 송이 주루루 이어져 줄 서서
두루두루 어우러져 피어있는가

　　　3.
큰 운동장에선 고함소리들 사이사이로 흙먼지 바람
이 분다
벌써부터 쏘아댄 최루탄가스 알싸하니 그 속에 섞이고
대회장 뒷산 조팝꽃 가지로 흙먼지 바람은 분다
백주대낮 백골단 쇠파이프 폭력살인 고 강경대 학생

살인정권 퇴진투쟁 국민대회장
연세대 큰 운동장으로 가는 길
얼마나 숱한 젊은 피를 먹고서야 민주주의의 나무는
크는가
가슴 터지는 학생들 시민들 노동자들 농민들 구호
속에
전남대 여학생의 분신 소식이 전해져 탄식소리 출렁
이고
교문 안엔 시신 사수 학생선봉대
교문 밖엔 시위 저지 전투백골단
바람은 이리 불고 저리 불며
흙먼지 최루탄가스 봄꽃향기를 뒤섞는데
조팝꽃은 띄엄띄엄 서서
봄인가, 묻고 있다.

목련
— 꽃밭에서 12

꿈이 있었네
하얀 눈 위에 부서지는 햇빛만큼
맑고 눈부신 꿈
그리움이 있었네
밤사이 눈썹이 세도록 재우고 재워둔
달빛 같은 그리움
향기가 있었네
작은 땅 작은 뜨락에 뿌리내릴지라도
높이높이 멀리멀리 피어오르는 향기

흘러가는 세월로부터 밀려오는 새날에 새겨두는
꽃들 낱말들, 꽃들 낱말들, 꽃들 낱말들……
앞서가는 세월 밀려오는 새날 앞뒤가 뚜렷하므로
앞 뒤 한복판에서 가슴 한복판에서
꿈으로 그리움으로 향기로 터져 나와
꽃 하나에 꿈 하나, 꽃 하나에 그리움 하나, 꽃 하나
에 향기 하나

가득가득······
선언서보다도 선명하게 선언하고 있네
이제는 사랑이다
사랑의 4월이다
사랑으로 선언하노니, 싸움의 시작이다.

편지

유행가 한 자락으로 울고 있지 않느냐
황토 한 줄기 햇빛 아래 떨고 있지 않느냐
해마다 이맘때면 몸에선 식은 빗발들
마디마디 꺾이고 있지 않느냐
친구여, 지금 두려운 눈을 뜨고서
읽지 못하게 하는 책을 읽고 있지 않느냐

목이 잠기도록 소리 지르던 가을을 지나
핏빛으로 꽃피우던 봄도 지나
친구여, 너는 잊혀진 이름
신음하고 있지 않느냐

— 꺾여진 빗발들 출렁거린다, 출렁 출렁거린다

왜 이리도 길고 긴지
견딜 수 없는 머릿속의 어지러움
몇 해를 넘겨도

시원한 소식 하나 없이 길어지는 아픔
비틀린 손목 아린 힘줄을 당겨
먼 데를 겨누는 화살 하나를 매긴다
보라, 친구여 네가 마시는 독한 소주잔에
이지러진 달 울고 있고
뜯긴 살점 움켜쥔 채 울고 있고
침묵이 마른기침을 뱉으며
노름꾼처럼 어둠의 끝에서 배뇨하는 새벽
허리띠를 조르는 그 손끝 떨고 있구나.

눈 내리는 강가에서

바람은 한없이 쌀쌀하기만 한데
눈이라도 내리지 않는다면
우리들 이 겨울은 얼마나 쓸쓸할까
눈마저 내리지 않는다면

모두 잃어
사람의 사람까지 잃는 이 혹한의 시절에
우리들의 가슴은 얼마나 얼어붙을까
오늘은 아침부터 눈발이 날려
저녁엔 모든 우리가 고요하다.
하늘 아래 살아있는 것들 그리고 죽어있는 것들
들뜨며 가라앉으며
사운사운 송이 지어 가는 눈 그것 그대로가 되어
오늘은 모든 우리가 눈이다.

사내아이들 목말라 이리저리 헤매며
계집아이들 뜨거워져 마음 풀 곳 그리는
눈 내리는 날이라면 어느 겨울도
춥지 않으리, 품이 있는 것이라면

서로 서로를 얼싸안고야 마니
헤적이는 강물 뒤척이는 마음
눈과 섞인 모래알들이
이 싸늘한 날에 싸락싸락 바람에 쓸리면서도
결코 얼어붙지 않는 깊은 강물처럼
더운 입김 끈질긴 생명력으로
하나의, 낱낱이 아닌 하나의
밭이 되고 있다, 하나의 밭이다.

강물들 위로 내리면 이내 강물이 되는 눈,
사람들 위로 내리면 이내 눈물이 되는 눈.
바람 쌀쌀한 이 겨울날도
눈이 내린다면 무엇을 견디지 못 하리,
어딘가에 마음 풀고픈 그 간절한 그리움 말고는
저리도 쉼 없이 흐르는 강과 서걱대는 갈대들 사이에서
편편한 밭을 이룬 모래알들의 의지처럼
눈 내리는 날
하늘 아래
모든 우리가 눈이다.

에여라 달궁

우린 이리 해왔고 이리 할밖에 없다.
산 자의 집터도 죽은 자의 무덤도
한을 풀며 밟고
정을 새기며 또 밟는다.

30년 전 이 망자의 새 집터를 다질 때처럼
그때의 어린이들이 이제는 어른이 되어
북과 막걸리 어깨춤으로 어우러져
난리통에도 이 마을을 지켜온 할머니의
지난 역사를 묻는 묘터를 다진다.

뿔뿔이 흩어져 살던 식구들이
제각각 제 일터에서 일하던 장정들이
죽음이 불러 모으니 이렇게 모여서
오늘 이 어스름 달궁질로
어제를 묻고 내일을 다진다.

넋두리 속에 뼈 있는 말을 심고
흐느낌 사이사이에 웃음을 나눠가며
우린 늘 이래 왔고 앞으로도 이럴 게다.
따로 하지 않고 모여서
따로 말고 모여서

옥수수

그것은 1950년대
서 있는 동안은 언제나 1950년대
하염없는 기다림이다.

저녁 풍뎅이
밤새 쓸리는 별 물결
아침 잠자리들은 이슬을 턴다.
그러나 여기저기 물든 핏빛 멍울과 함께
지레 늙는다.

서 있는 동안은 언제나 기다림
찢김의, 찢어짐의 세월에
떠나간 그 사람
사랑의 숨결이 돌아오는 동안은
언제나 1950년대
통일까지는 언제나 1950년대

짐처럼 등에 진 애늙은이
그 말라버린 눈곱 같은 수염
그것만이 미래다.
그 유복자의 눈빛만이 미래다.
30여 년이 지난 지금은 1980년대

하지만 통일까지는
짐처럼 등에 진 그 아이들만이 미래다.
그 힘의 이어짐만이 미래다.

말이 말[馬] 되어버린 세상을 살면서

지금, 세상은 가을인가.
바람이 분다. 낙엽이 진다.
사람이 말을 만들기보다 말이 사람들을 만드는 세상
현실에서 말이 생겨나기보다 말이 현실을 조립하는
세상
말이 폭력이 되고 권력이 되는 시대를 살면서
말이 상품이 되고 자본이 되는 사회를 살면서
말없이 말을 지키는 사람들
그들의 가슴 속으로 바람이 분다.
말의 공해 말의 과소비에 지친 사람들
그들의 어깨 위로 낙엽이 진다.

그대를 보고 싶다.
이 어처구니없는 세상
기가 막혀서 말이 안 나오는 세상을 살다보니
새삼스레 그대를 보고 싶다.
돌을 던진 민주통일 거리시위는 사회혼란 이적행위
라며
국가보안법으로 때려 넣으면서

총을 쏘아댄 학살만행 국가내란은 성공한 쿠데타라
며 기소유예하는 세상
몇만 원 올리자는 임금인상 단체협상은 질질 끌고
온갖 핑계 탄압 들이대면서
몇십 억 몇백억 원 정치뇌물 밀실거래는 설설 기고
온갖 아양 이권 주고받는 세상
그대를 보고 싶다.

그대가 보고 싶다.
말이 말(馬)되어버린 세상
말이 이미 말이기를 포기하고
권력의 채찍에 험산준령을 넘고 자본의 당근에 쾌속
질주하는 말(馬)이 된 세상
이놈이 올라타도 히히힝 저놈이 올라타도 히히힝 엉
덩이 내주는 말(馬)이 춤추는 세상
아 말이 말을 올가미 씌우고 말이 말을 뒷발길질하
는 세상
그대가 보고 싶다.
권력의 나팔수가 아닌 그대를 보고 싶다.

자본의 파발마가 아닌 그대를 보고 싶다.

그대가 보고 싶다.
말이 어둠의 장막을 치는 세상에서 그 뒤를 환히 뚫어보는 그대 눈빛을 보고 싶다.
그대가 보고 싶다.
입을 여는 자마다 거짓말을 늘어놓는 그 입을 다물게 할 그대의 말을 듣고 싶다.
그대가 보고 싶다.
최소한 정말 최소한 뒷돈 세는 손이 아니라
그 돈 뿌리치는 그대의 손이 보고 싶다.
그대가 보고 싶다.
의에 죽는 열사가 아니더라도 참에 사는 지사가 아닐지라도
그 정의를 차마 외면하지 못해서 한숨 쉬고
진실에 귀 기울이며 밤늦게 가슴 치는 그대 가슴을 보고 싶다.
그대가 보고 싶다.
말이 말〔馬〕 되어버린 세상을 살면서

갈라져 그 모든 말이 반쪽으로 갈라진 세상을 살면서
참으로 그대가 보고 싶다.
꿈에라도 보고 싶다, 말다운 말이여
남에서 북으로 북에서 남으로 흘러넘치는 통일세상
평화세상 말길이여
그 말길을 열어가는 그대가 보고 싶다.
말이 말다운 말이 되면, 아니 말이 말 그대로 말이면
어찌 말이 또 하나의 분단장벽이랴

그대가 보고 싶다.
갈라져 살아온 가슴 가슴들 사이로
맑은 노랫소리로 흐르는 말이여
갈라지고 일그러진 말이 아닌
저 혼자만 듣는 혼자소리가 아닌
하나 되는 말 서로 어우러지는 말이여
그런 말길을 여는 그대가 보고 싶다.
가슴 썰렁한 사람들 가슴 따스하게
어깨 처진 사람들 다시금 기운들 차리게

억새

네가 비탈에 새싹으로 돋아나는 동안
바람 속에서 떨고 있는 동안
너는 봄날의 여린 대궁
삘기일 뿐이었던 억새여

여치의 여름을 찾아 헤매던
내가 정강이를 베었을 때
네 칼날이 느닷없이
내 살을 파고들었을 때
숲에 가득한 풀꽃들보다도 아름다운
시간을 깨달았다.
피와 칼의 시간을 깨달았다.

들바람은 언제나 아름다웠다.
가을 산허리에 벗들은
오른 손을 들고 여기저기 서서
터진 입술을 열어 노래하며
마른 잎새들을 부비고
들바람은 언제나 아름다웠다.

수채화 1
— 희망에 대하여

바람 서늘한 초가을
너울너울 흔들리는 벼포기들이 빛깔보다 서럽다.
쓰러진 것들 일으켜 세우고 영글기를 기다리지만
그 속을 누가 알랴.
사나운 폭풍의 시절을 만나
느닷없는 홍수에 수많은 벗들 휩쓸려 가고
그저 살아남은 그 속에 무엇을 그렸으랴.
무엇을 그 속에 채웠으랴.

바람 서늘한 가을저녁
저녁노을이 차라리 눈부셔 눈시울이 붉어진다.
어둠 물들어가는 산등성이 저 위
구름은 뜻 모를 춤을 추는 듯 휘돌아나가고
슬픔의 색깔이 이런가 싶게 물든 하늘
가슴 속 채울 것이 아예 없을 듯 허전한 세월
저물어 간다.
아아 저렇게 저물어 가는구나.

굽이쳐 넘어가는 저녁그림자를 끌고
술 한 잔 걸치고 터덜터덜 집으로 돌아드는 넥타이맨
가슴은 시골에 두고 몸은 도시에 사는 얼치기 세월
가을을 보니, 가을저녁을 보니
흘러간 날들이 보인다. 흘러가는 날들이 보인다.
아주 가는 건 아닐까
그 흐름에 흘러가는 희망
품어도 품어도 모자랄 그 희망

비가 내린다.
알 만한 사람은 진작 알았을 비가 내린다.
더러 그냥 맞거나 더러 우산을 받친 사람들
서둘러 지하철로 접어드는 사람들을 보며
문득 다시 본다. 엊저녁 그 흘러가던 그것!
바람결처럼 바람결에 흘러가는 희망
스쳐 가면 그뿐
옷깃 속으로 들어와서야 따스해지는 그것!

수채화 2
― 기쁨에 대하여

시퍼렇게 우거진 갈대들 서걱이는 들판에
억수로 비가 쏟아지던 여름
너무도 우거져 갈 길을 막던 그 무섭게 웃자란 갈대
들이
그 억수로 퍼붓던 비를 가려주는
움막이 되던 때가 있었네.

들길 한가운데 되똥하니 홀로 서 있어
별쭝나면서도 심심풀이가 되던 크지 않은 참나무가
입술 새파래져 오돌오돌 떠는 조무래기들 눈 앞에서
그 작은 가슴들을 뒤집어엎는 벼락에 쓰러질 때
그제사 아, 작은 나무가 아니었구나 깨닫던 여름이
있었네.

이제 그러했던 그 여름은 가고
홑겹 점퍼가 으스스 느껴지는 가을
오는 둥 마는 둥 하면서도 가랑비가 며칠째 가을하
늘을 적셔

밝은 햇살 눈부신 하늘이 아직 멀었나 싶은 어느 날
아아 이것을 무어라 하나, 한 쌍의 무지개!
이것을 그저 기쁨이라 하나, 가을하늘 쌍무지개!

어떤 이는 "야아 처음이다 처음!" 부산스레 말 건네
기 바쁘고
어떤 이는 "무지개 처음 보나 뭐!" 시큰둥하니 발길
돌리고
어떤 이는 그저 묵묵히 바라만 보았거니
저마다 가슴들은 무거운데,
그 무지개 보던 그 가슴 속 하늘에 저도 모르게
빨 주 노 초 파 남 보   빨 주 노 초 파 남 보
아로새겨졌으리
저도 모르게.

수채화 3
― 생활에 대하여

아, 저것 좀 보아. 저 단풍!
저 빛깔들 저 색색들
서로 다르면서 크게 하나로 어우러진 이파리들
가을이야. 어김없이 또 가을이야.

아무리 바쁘게 살아도 다 잊을 것처럼 살아도
세월은 쉬임없이 그리고 꺾임없이 흐르고
누구나 해마다 그해 가을을 맞잖나
저걸 좀 보아, 가을인 걸. 어김없이 또 가을인 걸.

저 산 저 들에 온통 맵시를 뽐내는 잎새
그와 더불어 시무룩하게 물든 것
비바람에 찢긴 것 벌레 먹어 오그라든 것
아직 시퍼런 채 가을맞이를 늦춘 것
거리에 서서 최루탄가스에 시든 것까지
잎새들은 모두 가을로 접어들어 있잖나

젖어드는 거야 물들어 가는 거야

그 새 여름은 영글고 잎새들은 떨어져 가는 거야
아니 몸을 던져 겨울로 가는 거야
겨울을 이기러 가는 거야
새봄을 기다리며
새여름이 영글 새가을을 기다리며

버리라, 그리하면 이기리니
― 노무현 대통령 추모시

그날
잡다한 조각들이
우르르르
모였다
아득하게
흩어졌다

그 신새벽
부엉이바위
당신의 겟세마네
이 잔을 꼭?
아무렴 꼭!

당신의 결단
거꾸로 가는 시간을
앞으로 가라
뒤집었다

당신에게서 배운다
가장 간단한 진리
그러나 어려운 진실
버리라!
그리하면
이기리니

우리의 어제는 우리의 내일이라네

자욱한 눈보라가 두 눈 못 뜨도록 부딪쳐올 때
향기 아득한 꽃보라를 보았는가

쐐애애 쐐 후드득
매운 바람이 참나무 가지를 휘젓고 나서
잔솔가지 위 눈덩이를 털어내는 소리 들으며
매애앰 맴 푸드드득
매미 우는 오리나무 그 풀섶을 차오르는
뜸부기 날개짓 소리를 들어보았는가

진달래 꽃잎으로 물든 아이의 입술에서
칡뿌리로, 송기로, 오디로 얼룩진 아이의 입술에서
밤톨 속껍질로 덕개진 떫고도 달착지근한 입술을
맛본 적이 있는가

오늘 우리의 사랑과 행복은 또는 자유는
깨어지기 쉬운 둥지 속 산새알처럼 아슬아슬하기만

하다네
　이제 우리의 꿈은
　더는 따스한 온실에 있는 것도 아니며
　햇빛 맑고 바람 상쾌한 들판도 옛것이 되어가고 있
지만
　어제가 우리의 어머니이듯
　오늘이 내일의 아버지인데
　어찌 모르겠는가
　겨울에서 봄으로, 여름으로, 가을로
　우리는 거듭거듭 새로워지는 것을
　어찌 모르겠는가
　별빛을 보면 햇빛처럼 눈부시고
　숨소리를 들으면 노랫소리로 들리는 것
　한 그릇 뚝배기 국밥을 맛보면 구수한 고향인 것을
　어제가 있어서 오늘이 있듯이
　오늘이 있으므로 내일이 꼭 있는 것을

제3부

불놀이

달이 뜨이 썰렁한 가슴에 달이 뜨이
추위는 막판 진저리치도록 물러가지 않지만
하늘에도 달 땅에도 달

그러나 횃불은 더욱 밝으이
저 대보름달보다

겨울 벌판에 저리 오만하게 누운 논두렁은
아름다운 가르맛길답지 않으이
아 저주할 소유의 경계선
모든 분단을 녹여버리고 싶으이 횃불이여
쥐 떼들의 풀방구리라면 어둠의 은신처라면
어떤 방죽이라도 사뤄 버리고 싶으이 횃불이여

불이 노이 땀 흘리며 우리가 노이
버꾸 없이도 소리가 노이
어둠이 끝내 헛발 딛도록 사라지지 않지만
하늘의 달이 빛을 잃어가니 날이 새고 있으니
동은 트이
시뻘건 동은 쉬이 트고야 마이

에므왕*

에므왕, 피곤하지만
오늘도 너를 견디느라 모두들 애를 썼다.
햇살은 작년 이맘때 그대로
떡갈나무 잎새 위에서 눈부시게 부서진다만
에므왕, 너의 이 세상 출세 때도 그랬겠지.
우리는 늘 힘겨운 너의 무게를 견디느라
진땀을 흘리느라
저 빛나는 아름다움을 즐길 겨를이 없으니
참 세월도 무심하게 제멋대로만 흐르는구나 그렇지?
텍사스 아리조나 넓은 서부 벌판에서
너의 명성은 말발굽 먼지처럼 피어올라
이제 이 지구상에서 누가 너를 모르랴.
온 세계가 전쟁에 휘말리던 40년 전 너는
많고 많은 졸병들의 어깨를 밀치며 달려 나갔다.
목숨이 죽음으로 바뀌는 그 순간
너의 혀끝은 참으로 예리하게
시간을 가르고
손바닥만한 이 땅도 둘로 갈랐다.

에므왕, 넓은 어깨 자랑은 그만하고
이젠 텍사스 아리조나 넓은 그 땅으로나 가라.
가서 이젠 보다 크고 넓은 것을 겨누어봄이 어떻겠냐?
땅 좁고 어깨 좁은 우리는 정말 네가 벅차다.
우리의 사이사이를 갈라놓기 시작하여 아직도
서로의 가슴을 향하여 죽음을 쏘아대고 있는
이 비극의 땅으로는 다시 오지 말아라.

*공랭식 반자동 소총으로 1936년부터 미국 육군이 정식으로 사용했으며,
한국전쟁 당시 미군과 한국군이 사용한 주력 소총인 M1을 뜻함.

오뉴월 감기가 이리도 지독스러운 걸
보니, 아직도 전쟁은 끝나지 않았다

여름 살은 어찌 그리도 쉬이 썩는가
작은 놈들이 가면 큰 놈들이 오고
벌레 떼는 쉬임 없이 우리의 살을 뚫고
피를 빨아먹지 않으면
온몸 구석구석까지 썩게 하는구나,
그 약을 여태껏 찾지 못하는데

총탄의 계절 상처의 계절
아픔은 이름보다 먼저 우리를 젖게 하는구나
여기저기 두더지들이 파헤친 자리
흰감자 자주감자 가릴 것 없이 쓰러져
밑 들 틈도 없이 죽어가고 말았구나
아우가 형을 치고 아비가 아들을 찍어누른
악몽의 계절 가위 눌린 꿈자리
길고 긴 밤
부엉새 우는 소리, 목쉰 소리
모진 목숨들만 살아서 죽은 넋을
달랜들 무엇하리 아직도

비만 오면 눈빛들은 젖는 걸.

슬픔은 아픔보다 먼저 우리를 젖게 하는구나

찢기고 곪은 살 아물 날이 없어
아직도 끝나지 않은 전쟁을 곱새기며
가슴속에, 가슴속에 바랜 꿈이라도 품지 않으면
하루도 살아나갈 수가 없겠구나
어제 우리가 우리를 죽일 수 있었으니
오늘도 내일도 우리가 우리를 찌르지 않는다는
믿음을 갖지 못하니
아직 끝나지 않은 전쟁은
그 아픔보다도 먼저 우리를 젖게 하니
금강산 백두산이 아니라 만주벌판까지
우리가 우리를 지키는
그런 넓은 땅을 갖는 꿈
흰감자 자주감자 밑동 모두
개똥참외만 하니 드는 꿈

품고 품어 수렴시켜야만 하겠구나
초여름 젖은 몸 젖은 가슴
말리고 말려
탄탄해지기를
그리하여 어떤 벌레들도
그리 쉽사리 파고들지 못하도록
구석구석 방부防腐의 꿈을 키워야
하루라도 살아나갈 수가 있겠구나

모란이 크게 벙그러지고 있다.

도깨비불

게서 그리 어지러이 춤추고 있은들 무엇하리 너
뜨거움도 없이 환함도 없이 너
모두 누워 죽음인 그 끔찍한 뼈들은 그대로 두고 너
게서 그리 어지러이 몸 흔들고 있은들 무엇하리 너
해마다 희끗희끗 날리는 첫눈처럼
미미하니 가벼운 몸으로 너
아쉬움으로,
게서 그리 어지러이 서성인들 무엇하리 너
소리도 없이 흐느낌도 없이 너
살기보다 죽기로 부끄러움을 잠재운
그 아우성을 내버려두고 너.

택시 합승

"같이 갑시다."
"안돼요. 벌금 문다니까요."
"그래도 갈 곳이 꼭 있다면 함께 가야 하지 않겠소."

전혀 초면인 얼굴들이 그렁저렁 만나
같은 길을 가게 된다.
이런 잡담 저런 농담 끝에
세상 돌아가는 꼬락서니 이야기가 나오고
그것이 잘되는 거라느니 못되는 거라느니
침을 튀기다 보면 웬지 가슴이 저리고

같은 길을 가고 있듯이
같은 생각 같이 가지면 또 얼마나 좋을까마는
어차피 사람은 제 있는 자리에서 세상을 보니까
가지면 가진 대로의 눈일 뿐
없으면 없는 대로의 눈일 뿐이라
버리는 눈 버릴 수 있는 눈으로

세상살이 나라살이 보라고 우기다 보면
엉터리 인생주의자가 되고 말지만

길은 가야 한다.
가기 싫어도 서둘러 가야 한다.
이 우왕좌왕 갈팡질팡 길을 버리고
야, 그거 차 한 번 잘 빠지는 길을 가기 위하여
합승 안 해도 동행일 수 있는 길을 가기 위하여

저 너른 들판에

오늘 저 너른 들판에 우리가 심는 것은
한숨 나오는 신세타령이다.
이를 악물게 하는 분노의 씨앗이다.

소 대신 트랙터로 갈아내는 들판
돈이 좀 있으면 타고 가면서 갈고
그마저 모자라면 밀고 가며 갈지만
타고 가나 밀고 가나
밑지는 길로 가기는 매일반
신세타령으로 분노의 들판 갈기는 매일반

심어봐야 판판이 밑지는 농사
거기 흘리는 땀과 눈물
자나깨나 가슴 졸이는 보살핌
기운 좋은 우리 몸과 마음
제 먼저 늙어간다
삽질 한 번에 솔솔, 싸움질 한 번에 솔솔솔
제 먼저 죽음을 찾아간다.

그러나 그러나 한 번뿐인 세상살이
어찌 신세타령으로 세월을 보내랴
제 가슴 너른 들판에
어찌 분노의 씨앗만 심어두랴.

오늘 우리가 저 너른 들판에 심어야 할 것은
수입콩 수입쌀 몰아내고 막아내는
우리 알곡으로 우리 살림 치우는 자립경제의 씨앗이다.
쓰레기공해 농약공해 막아내고 씻어내는
우리 터전 우리 건강 지켜가는 자주자존의 씨앗이다.

오늘, 오늘 우리 가슴 너른 들판에 심어야 할 것은
분단의 철조망 걷어 내고
신바람 나게 어우러지는 어깨춤이다
해주에서 개성에서 평양에서
인천에서 수원에서 서울에서
오고가는 사랑과 기쁜 가슴마다 물결치는
통일조국 새 세상을 내다보는 희망의 씨앗이다.

곁불

추위를 가셔볼까 어느 언 손이
삭정이 불을 지피니 코끝만 매캐하이.
잘디잔 따스함은 이내 매운 추위 되돌이키니
잉걸불 사위고 나면 살은 더욱 에이고 마이.
해도 우린 시린 어깨 부비며 모여서
티끌에 검댕에 얼룩지는 얼굴 마주 보이.
잔정이 이리하여 짙어지는 거라면
입김마저 어는 일터에서 이리 모이지 않을까 마는
정이 질기면 끈도 질기니
검불 나락 얹던 손 멈추고
일어나 자리 떠야지.
(굳은 무릎 뼈마디 소리?)

더운 불, 더 큰 불
가슴 활활 풀어제낄 뜨거운 불
내 손으로 내가 살라
불이 불을 부르도록

그리하여 짙어지는 뜻, 그 풀이
살풀이 일풀이 에헤이 풀어야지 몸풀이
불이 불을 누르도록
그리하여 깊어지는 속
거기 지핀 불을 모닥불이 당할까.
일어나 일손 추슬러 등어리에 땀 흐르면
이 곁불의 겨울이야 가고야 말지.
(아암!)

말 범벅 떡 범벅

아나 보자
안아 보자
오늘이 무슨 날이냐
6·10 반외세 민족해방운동 그날이 아니냐
6·10 반독재 민주화운동 그날이 아니냐
6·10 분단극복 통일회담 젊은이들 만나는 그날이
아니냐
멀고 먼 길 달려온 헐벗고 짓눌린
우리 겨레 하나로 살아보려고
안고 춤추며 새 세상에 살아보려고
다음날의 분단박물관 통일기념관 판문점에서 만나
는 그날이 아니냐
백두산 처녀 한라산 총각
아나 보자 안아 보자

너나 나나
버려 보자 벌여 보자
치사한 자기 안주 버려 보자

좁쌀 같은 살림살이 그 소심을 버려 보자
내 것 네 것 그 얄팍한 이기주의 버려 보자
너는 나, 나는 너
사람이니까 사람끼리 살아가는 그 신명나는 새살림
을 벌여 보자
오늘같이 좋은 날 오늘부터는
허구헌날 두고두고 오래오래
큰 잔치, 한판 걸판진 잔치 벌여 보자

새워 보자 세워 보자
밤새도록 이야기꽃 피우며 새워 보자
밤새도록 떡방아 가죽방아 찧으며 새워 보자
새날, 새세상, 새세대를 생산하며
오오 좋은 밤 새워 보자
힘찬 사랑의 촛대 사랑의 좆대
민족 자존심의 줏대 세워 보자
전인미답의 민족통일 처녀지에
우리 깃대 세워 보자

뜨거운 젖가슴, 건강한 대지의 어머니
그 젖꼭지를 세워 보자

너나 나나
사람 되자 사랑 되자
열어보면 뜨거운 가슴
헤쳐 보면 빳빳한 줏대
어어 어허이 얼싸 신나게 신바람나게
사람 되자 사랑 되자
타오르는 불꽃의 사랑
끓어오르는 젊은 티 나이 먹어도 젊은 피 끝끝내 젊
은 피
피어오르는 사랑의 향기
떠오르는 그리운 얼굴 어디서나 그리운 얼굴
갇혀있는 세상이기에 더욱 그리운 얼굴
개떡 같은 세상 개떡처럼 사람 되자
찰떡 같은 사랑 찰떡처럼 사랑 되자

자, 우리 모두
걸립하자 건립하자
살림도 거지처럼 마음도 거지처럼
거지가 되어 거지 떼거리가 되어
뜬 세상 뜬 패가 되어 삼팔선을 넘나들며
걸립하자
흩어져 있는 안쓰러움 감추어진 안타까움
끝내 버릴 수 없는 꿈 그러모으자 끌어안자
건립하자
몸도 튼튼 마음도 튼튼
집안도 튼튼 이웃도 튼튼
우리 모두 하나로 튼튼
건강사회 건립하자

한 번 더 아나 보자
한 번 더 안아 보자

오늘이 무슨 날이냐
혼인잔칫날 통일잔칫날 아니냐
이런 제기! 최루탄 잔칫날 화염병 잔칫날이라니!
너는 한겨레가 아니냐
아니면 어여 가고 한겨레면 안아 보자
오오 그래그래!
부부라면 안아 보자
얼쑤 쿵떡!
너도 안고 나도 안고 우리 모두 어여 어여 안아 보자

1999년 평양에서

어서 오십시오 심 선생님 유 선생님
진작부터 기다렸댔시오

웃음 띤 얼굴
그 글썽이는 눈망울 보며
대번에 알아봤네 그리움이 무언지

우리는 만나야 하네
하나가 되어야 하네

반갑습니다 백 소장님 박 선생님
벌써부터 오고 싶었지요

임선생님
꼭 좀 도와주세요
양볼 발그레지며 어려운 말 꺼낸 것
아암 알고 말고요
그렇게 하고 말고요

맞잡는 손
그 꼬옥 쥔 손아귀 따스함
대번에 다짐했네 할 일이 무언지

장부장님
꼭 일 해냅시다
굳은 입매 쭉 편 어깨 당당한 길 가려는 것
냉큼 챙겨 아셨겠죠
기어코 함께 해내리라고

해야 하네
아이들, 아이들, 아이들
그 허기진 배 채우는 일
대번에 해야 하네 건강 찾는 일

우리는 해내야 하네
건강통일, "건강한 통일" 해내야 하네

들풀이여 들불이여

오오 들풀이여, 식량이며 약초인 들풀이여
그대의 꿈은
사람다운 사람으로 살아가는 꿈
약사다운 약사로 일하는 꿈이니
그 얼마나 소박하고 아름다운 꿈인가
그렇다.
앞으로 줄기로 꽃으로 피어나는 들풀이여
모이고 퍼져서 독초들을 밀어내고
큰 풀밭을 이루리라
찬서리 눈보라에 뿌리째 스러지면
내일로 이어지는 씨앗으로 남아
봄볕 새 햇볕에 되살아나라
그리하여 더 크고 너른 풀밭을 이루라. 이루리라.

오오 들불이여. 민족이며 역사인 들불이여
그대의 힘은
일꾼다운 일꾼을 일으켜 세우는 힘

일다운 일을 해내는 힘이니
그 얼마나 당연하고 뜨거운 힘인가
그렇다
작은 불꽃으로 일어나 온 들판으로 번져가는 들불이여
번지고 욱대기며 독충들을 죽이고
새들판을 이루리라
비바람 폭풍우에 타다 못타면
내일을 여는 불씨로 남아
봄바람 새바람에 피어올라라
스스로를 사르며 온 들판을 태우라. 태우리라.

민족의 침이여 민중의 뜸이여

침을 꽂아다오 뜸을 들여다오
이 한 많은 반도의 뼈그러진 허리에
분단의 철조망 제 아비 제 형제를 겨누고 늘어선 총
구들에
침을 꽂아다오 뜸을 들여다오
이 한 많은 반도의 짓눌린 어깨에
뙤놈 왜놈 양놈들이 타고 앉아
벗을래야 벗겨지지 않을 것 같은 강점의 등짐들에
침을 꽂아다오 뜸을 들여다오
이 한반도의 속병 든 내장들에
이놈이 파먹고 저놈이 훑쳐 먹어
썩어들고 구멍 뚫린 부패비리 수탈경제에
침을 꽂아다오 뜸을 들여다오
이 한반도의 피멍 든 심장에
울화에 조바심에 양심마비에 견딜 수 없는
퇴폐문화 민족정신분열증에

침을 꽂아다오 뜸을 들여다오
이 반도가 온통 온통 고슴도치처럼 바늘로 뒤덮여도

좋으니
　이 반도 여기저기가 표범처럼 뜸 자죽으로 얼룩져도
좋으니
　이 분단세월
　외세침탈의 역사 폭력정권의 역사 부패구조의 역사
를 끝장내게
　침을 꽂아다오 뜸을 들여다오
　돌아간 입 제자리 찾아 말 한 마디 똑바로 할 수 있
게끔
　웃는지 우는지 모르게 일그러진 얼굴 제 모습 참모
습 좀 알아보게끔
　침을 꽂아다오 뜸을 들여다오
　오그라든 손 꼬물꼬물 제대로 펴져 일손다운 일손
되게끔
　뒤틀린 앉은뱅이 다리 우두둑 펴고 일어나 힘차게
걷고 뛰게끔

　침을 꽂아다오 제발
　뜸을 들여다오 부디

그 험한 세월 5천년
으으 몸서리쳐지는 50년 분단세월
그 수모와 가난 그 모진 아픔 그 견딜 수 없는 슬픔
속에서도
끝끝내 살아
끝끝내 목숨을 지키고
마침내 대를 이어가는
민족의 침 민침이여
민중의 뜸 민뜸이여

침을 놓아다오 이 한 서린 반도에
뜸을 들여다오 이 한 서린 반도에
통일세상 평화세상 활짝 열리게끔
꿈이 아닌 생시에 먼먼 장래가 아닌 오늘 우리 당대에
통일만세 평화잔치 한판 벌이게끔
민족의 침이여 제발 그 민침 한 방을 꽂아다오
민중의 뜸이여 부디 그 민뜸 한 땀을 들여다오

유월 바보의 의문

우리에게,
우리 바보들에게

새로운 바람이 불어올까
새로 아름다운 꽃이 피어날까
새로운 가슴 울릴 노래가 들려올까

우리에게
너에게, 나에게, 우리 모두에게
새로이 새로움이 올까

새로운 동학?
새로운 사일구?
새로운 오일팔?
새로운 유월항쟁?
새로운 칠팔구대투쟁?
아니면 새로운 2002 효순이 미선이 광화문 촛불항쟁?

(그냥 2002 붉은 악마?)

온다면…
무엇?

아득하고 아득하여라
어지럽고 어지러워라
6월 20주년
바보여, 바보이거라

온몸불꽃 허세욱
— 2007년 4월 11일, 허세욱 동지의 쾌유를 기원하며

60년 동안 코리아반도를 둘로 가르고
안방 차지로 앉아서 떵떵거리는 것도 모자라
미선이 효순이를 죽인 미국놈들
대추리 도두리 주민들을 내몰아친 미국놈들
그리고 FTA로 민중들을 내몰아치는 미국놈들

너희들 패권주의자들은
우리 민중들의 고요한 촛불을 눈 감고 보지 않았다
우리 민중들의 절절한 요구를 귀 막고 듣지 않았다

그 자신의 온몸에 불을 댕긴 것은 허세욱이지만
그의 가슴에 먼저 불을 댕긴 것은 미국놈들

촛불을 들고 수없이 울던 사람 허세욱
촛불을 내리고 울음을 멈추고 온몸불꽃으로 타올랐다
너희 미국놈들 똑바로 보라고

조용하고도 조용한 사람 허세욱
크고도 큰 민중의 함성으로 터져나왔다
너희 미국놈들 똑바로 들으라고

유서에서 "나는 내 자신을 버린 적이 없다"고 쓴 그
대로
자기를, 자기 양심을 버릴 수 없었던 허세욱
그는 죽어서 살기로 자기를 지켰다
우리 민중의 자존심을 지켰다

우리는 이제부터 영원히 기억하리라
결코 잊을 수 없으리라
이 땅의 수많은 열사와 의사들과 함께
허 세 욱
그 이름을, 그 정신을 가슴에 새기리라

죽어서 살기로 한 사람 허세욱

이제 자기를 살렸으니 육체를 살리시라
살아서 우리를 이끄시라
우리 모두 빚진 자 되지 않도록
벌떡 일어나 우리 선두에 서시라
우리 모두 그대 뒤를 따르리니

너마저 죽였구나
― 고 문송면 학생 장례식 추모시

나이 더 먹은 어른 우리 모두가
나이 어린 너를 죽였구나
사장, 노동부, 병원만이 아니다.
우리 모두가 너마저 죽였구나

송면아 농부의 아들아 노동자의 아우야
너마저 죽였구나 이 썩은 세상
수은 중독이, 산업재해 직업병이,
노동살인이, 임금수탈이,
한스러운 한스러운 인간차별이…

송면아 농부의 아들아 노동자의 아우야
너는 떠나는구나 저 가없는 세상으로
수은도 중독도 없는 곳으로,
산업도 재해도 없는 곳으로,
직업도 병도 없는 곳으로,
노동도 살인도 없는 곳으로,
임금도 수탈도 없는 곳으로,

인간도 차별도 없는 곳으로...

송면아 농부의 아들아 노동자의 아우야
너는 지켜보고 있구나 기다리는구나 새 땅 새 하늘을
수은은 값지고 중독은 없는 세상을,
산업은 살지고 재해는 없는 세상을,
직업은 당당하고 병은 없는 세상을,
노동은 힘차고 살인은 없는 세상을,
임금은 넉넉하고 수탈은 없는 세상을,
인간은 참으로 평등하고 차별이 없는 세상을...

나이 더 먹은 어른 우리 모두가
나이 어린 너를 죽였구나
사장, 노동부, 병원만이 아니다.
우리 모두가 너마저 죽였구나.

오오 뜻도 없는 것처럼 죽어서
기어코 뜻을 이룬 죽음이여!

문송면, 너를 산업병 추방 장승으로 세운다 — 문송면 10주기 추모시

문송면
너를 장승으로 세운다
우리나라 산업병의 상징— 문송면
너의 이름을 듣는 순간
부끄러움으로 온몸 벌개지고
두려움으로 정신 바짝 차리자고
너를 장승으로 세운다

송면아 너를 묻고 10년
어머니의 슬픔과
형 근면이의 노여움
너를 죽인 우리 모두의 부끄러움과 두려움으로
너의 아픔을 가슴에 묻고
너의 주검을 무덤에 묻고
10년

송면아

너를 묻으면서 떠오른 산재추방운동의 깃발
자랑할 것은 아니지만
때로는 깃대가 흔들리기도 하지만
꼿꼿이 서서 펄럭이고 있단다
10년을 보내는 동안
사람들은 수은중독 공장 이름을 잊었지만
이제도 네 이름을 잊을 수 없고
원진레이온 이황화가스 공장을 잊을 수 없다
철커덕 손목을 자르는 기계
덜커덕 떨어지는 쇳덩어리
그 끔찍한 재해를 어찌 잊으리 나 몰라라 하리

송면아
이제 다시 네 이름을 불러
다시 네 이름을 일으켜 세운다

문송면

너를 장승으로 세운다
우리나라 산재 직업병의 이정표— 문송면
너의 이름을 부르는 순간
우리가 어디에 서 있는지 알아차리고
우리가 어디로 가야 할지 깨우치자고
너를 장승으로 세운다

송면아
너를 묻고 10년
자본가 장사꾼들은 이제는 줄었다고 하지만
실제로 발생건수는 조금 줄기도 했지만
사망자 장애자 중환자는 오히려 늘어나고 있으니
부려먹는 자들의 그악함을 알겠다
노동강도를 능히 알겠다

송면아
자본가 정치꾼들은 노동자 때문에 못해 먹겠다고 투

덜대지만
　노동자 때문에 노동착취를 못하는 게지
　노동자 파업 때문에 공장이 돌아가지 않는다고 둘러
대지만
　노동자 파업 때문에 공장이 돌아가고 있는 거지
　나라 말아먹고 공장 팔아먹으면서
　일꾼이요 주인인 노동자더러 탓을 하는 저들에게
　한 마디 박아주자
　노동자 일하는 만큼만 경영성적 올리라고
　보여주자
　그들에게 통계를 다시금 보여주자
　1천 명이 일하는 공장에서
　노동쟁의로 1년에 100일을 까먹는다면
　산업재해는 4천일을 해치운다
　노동자 한 사람이 서너 시간 놀고 먹는다면
　산업재해는 나흘씩이나 해치우는 셈
　그러니까

산재추방을 위해서라면
노동자에게 나흘쯤은 파업할 권리가 있다는 셈
그들에게 물어보자
그들이 1년에 해먹는 노동착취 경영비리 따져보면
노동자에게 며칠쯤이나 파업할 권리가 있는지

문송면
너를 장승으로 세운다
우리나라 산업병 추방의 슬로건— 문송면
공장마다 현장마다 네 이름을 새겨
너와 함께 직업병 잡귀를 막아내고
너와 함께 산업재해 재앙을 몰아내자고
너를 장승으로 세운다

전사한 김봉환 산업전사의 주검 앞에서

최루탄 가스 속에서 용감히 싸우는 전사들을 보면서
뒤에서 박수나 치면서
저 당찬 싸움을 나도 할 수 있을까
어줍잖은 나이와 체면 핑계가 앞질러
부럽다 부러워 부끄럽다 부끄러워 했더랬지요
지금도 구호나 외치면서 그러고 있지요
그런데 동지여, 김봉환 노동자여, 당신은
그 최루탄 가스보다 더 지독한 이황화탄소 가스 속에서
일을 했지요. 아니 싸움을 했지요.
가난을 이기기 위해 행복을 얻기 위해
병으로 쫓겨나 그 직업병으로 목숨이 끊어지기까지
일을 했더랬지요. 싸움을 했더랬지요.
당신 혼자서만 한 것이 아니라
이미 함께 죽어간 10명의 동지들과 함께
직업병으로 밝혀진 70명의 동지들과 함께
아직도 성치 않은 몸으로 싸우고 있는 원노협 동지
들과 함께
일을 했더랬지요. 싸움을 했더랬지요.
지금 우리가 사는 곳은 일본놈 미국놈들의 공해식민지

다 낡은 기계 들여와 멀쩡한 사람 낡게 만들어버리는
공해식민지 산재왕국의 으뜸공장에서
당신은 당신들은 일을 했지요. 싸움을 했지요.
사람을 기계보다 못하게 기계에 딸린 시다기계로 쓰
다가
망가지면 눈 딱 감고 내팽겨쳐 버리는 저들
자본과 권력의 청맹과니들은
그럴싸하게 이름을 갖다 붙였죠
산업역군이라고 산업전사라고
저들은 무심히 제 속셈으로만 갖다 붙였을 테지만
딱 들어맞는 말이에요
당신은 당신들은 전사다운 전사 산업전사들
죽음을 마다 않고 끝까지 싸운 산업투사
경제건설의 참 일꾼 조국근대화 투쟁의 참 싸움꾼
당신과 당신들의 피와 땀이 오늘을 이루어냈지요

역사의 창조자, 노동자여
노동자, 역사의 창조자여
당신은 당신들은 투사다운 투사 산업투사들

살아있는 우리들 뒤쳐져 있는 우리들은
당신을 당신들을 저 세상에 보내놓고서
가신 지 120일이 넘도록 장사도 못 지내고
부럽다 부러워 부끄럽다 부끄러워 웅얼거리고 있지요
공해 없는 세상 산재 없는 건강세상 만들어 나가야
할 지금
당신이 당신들이 남기고 간 사랑
슬픔과 분노에 젖어있는 사랑
아내와 아이들과 형제와 어머님 아버님
그 흐느낌과 울부짖음 앞에서도
멈칫거리기나 하는 우리들
이를 악물게 하시라 주먹을 불끈 쥐게 하시라
이 공해세상 산재세상을 건강세상으로 새로 세우는
그 싸움에서
전사가 되게 하시라 투사가 되게 하시라
새 세상에서 함께 어우러져
웃음보따리 노래보따리 춤보따리 풀어헤치게 하시라
벅찬 가슴 벅찬 희망 열어젖히게 하시라

6월에 모처럼 써보는 편지
— 6월 민주항쟁 11주년 기념시

1.

여보게 친구
오랜만에 쑥스럽지만 편지를 쓰네
게으름으로 못 했던 말 이제야 하네 그려
그간 어찌 살았나
몸 상한 데 없이 건강한가?
술잔깨나 축냈겠지?

2.

여보게 친구
종철이를 살려내라!
한열이를 살려내라!
무엇이었던가
독재타도!
호헌철폐!
우리에게 무엇이었던가

벌써 4 · 19를 희미한 옛사랑의 그림자로 떠올리듯
그 6월의 거리를 추억처럼 되뇌이고 있진 않나, 자
네?
아니야
회고담은 아니야
벌써 늙은이처럼 점잔 피우면 그건 아니야
새파랗게 젊다는 게 한 밑천인데
벌써 쩨쩨하게 구는 건 아니야
아니야, 아니고말고
6월은 어제가 아니야 오늘이야

질풍노도의 시대
80년대 그 꿈은 이제 빛이 바랬는가
혁명은 밀물처럼 왔다가 썰물처럼 가는 건가?
혁명은 생활 속에서 익어서
술이 되고 김치가 되고 된장이 되지
하지만 생활 속에서 그저 그냥 썩기만 한다면 그건
아니야

아니야, 그것도 거름이라도 되면 그다지 나쁘진 않
겠지
　생활이 그대를 속일지라도 노여워하거나 슬퍼하지
말라는 싯귀를 떠올려 보게나
　그게 삶인지도 모르지
　하지만 그대가 생활을 속이면, 생활이 아니라 그대
가 속이면,
　노여움을 견딜 수 없어 슬픔에 겨워 하염없는 눈물
을 어찌할 수 없을 게야
　혁명은 저 깊은 땅속을 흐르다가 솟구치는 샘물 같
은 건 아닐까
　6월의 거리로 5월 광주가 우리를 불러냈듯이
　가슴마다 광주정신이 강물처럼 흘렀듯이
　오늘도 역사가 우리를 부른다
　이 강산 처처에 한 서린 영혼들이 우리를 부른다
　역사의 부름 앞에 나선 이름들이 우리를 부른다
　김세진 이재호 조성만 강경대 박창수……
　생활 속으로 흘러가는 우리의 핏줄기

생활 속에서 흐느끼는 우리의 안타까움 우리의 지친 꿈들이
이제 더는 땅 밑을 흐를 수 없어서
역사의 부름을 비껴갈 수 없어서
다시 거리로 나오라 하지 않는가
샘물처럼 솟구치라 하지 않는가

3.
강경대를 살려내라!
박창수를 살려내라!
귀정이를 살려내라!
그때 보았지
우리시대 저항시인까지 나서서 죽음의 굿판을 걷어치우라 하고
김기설이 유서를 강기훈이가 대신 썼다고
죽음의 무리들이
말 그대로 귀신 씨나락 까먹는 소리로 초를 치고 나서던 그때

그때 보았어

역사의 부름 앞에 부끄러운 자 될 수 없어 나로부터
가노라는 그 장엄한 물결이

거리에 섰어

우뚝우뚝 깃발로 섰어

6월의 손수건들이 깃발로 우뚝우뚝 서 있었어

장엄하여 가슴까지 서늘해지는 깃발들

물대포 최루탄 속에서 우뚝우뚝 서 있었어

전대협 전청대협 전농 전노협 전빈련 전교조…

언론노련 작가회의 보건의료 깃발까지

하지만 깃발이 금을 긋고 있었어

깃발이 너무 눈부셔서 너무 많아서 거리에서 구경만
하게돼

깃발은 구경거리가 되더군

깃발에 안이 따로 있고 밖이 따로 있을 줄 몰랐어

깃발은 함께 들고 달려가고 함께 치켜 올리고

그리하여 함께 나부끼는 것이리

그리하여 하나의 커다란 깃발의 물결이 되는 것이리
그 깃발을 따라갈 수 없어서 구경만 하는 사람들이
보이더라구
6월 그때 박수를 치고 손수건을 흔들고 김밥을 날라
주던 그 사람들
그 사람들이 깃발을 구경만 하는 모습을 보았어
더러 박수를 치고 손수건을 흔들고 더러 김밥을 날
라왔지만
따라잡지 못하고 뒤쳐지는 사람들을 보고 만 거야
왜 그랬을까
누구 탓이었을까
그런 물음 속에 몇 년이 지나갔군
내린 깃발은 없고
새로 올린 깃발들도 많건만 그 뒤쳐지는 모습이 눈
앞에 어른거릴 때
하, 소주잔이 울어!

4.

날치기 노동악법 안기부법 철폐하라
97 노동자 총파업 때 보았지
자네 얼굴도 어른거리더군
겨울바람 쌩쌩거리는 거리에
모두들 다시 나왔어

그동안 잠자고 있었던 게 아니라고
그저 썩고 있었던 게 아니라고
깃발들이 우뚝우뚝 제 목소리로 말하고 있었어
깃발에 안팎이 없이
노동악법 철폐하라
안기부를 해체하라
너나없이 박자 맞춰 뛰어가며
한 목소리로 나서고 있었어

그때 다시금 그 찬바람에 새정신 새기운이 살아났어

혁명은 희미한 옛사랑이 아니라고
혁명은 한낮 일장춘몽 개꿈이 아니라고
새로운 목소리 새로운 노래들이 살아났어
그 외침 그 노래들은 알고 있었던 거야
찬바람에 실려오는 그 잔인한 피비린내를 느낀 거야
6월 그때 7, 8, 9 노동자 대투쟁이 있었듯이
노동자가 일어나야 노동이 살아난다는 그 엄연한 진
리를 알고 있었던 거야

아니나 다를까
도원동에서 철거깡패들이 약하디 약한 도시빈민들
을 윽대기는 동안
  삼미특수강 노동자들이 고용승계를 외치며 포철 앞
테헤란로 거리 잠을 자는 동안
  세계일보 언론노동자들이 펜을 꺾이고 거리로 내몰
리는 동안
  그들은 우아하게 칵테일파티를 즐기고 있어
  소말리아에서 어린이들이 총소리 속에 죽어가고

코리아반도의 북녘에서 굶주림에 아이들이 울고 있
는 지금
죽음의 세력들은 우아하게 이브닝 파티를 즐기고 있어
21세기를 코앞에 둔 20세기 말의 막바지인 지금
19세기말에 함포사격을 퍼붓던 그 제국주의 세력들
은 지금
얼굴 표정만 바꾸고 분장만 새로 하고
세계 민중의 목을 조이고 피를 빨며 그들의 파티를
즐기고 있어
석유 팔면서 공해 팔고 핵발전소 만들면서 무기 만
들고
보석으로 챙기고 은행으로 챙긴 그들은
동학농민혁명군처럼 멕시코 농민혁명군이 신자유주
의에 항거하고 있는 지금
무지막지할 뿐 화력은 형편없는 함포는 박물관에 진
열해두고
동정심 많은 자선가처럼 얼굴에 잔잔한 미소를 머금고
그들은 재벌을 앞세우고 IMF를 앞세우고

그 첨병들에게 악역을 맡기고
그들은 저녁노을 아름다운 바닷가 언덕 하얀집 잔디
밭에서
코리아의 재벌들과 인수합병 협상을 마무리하고
세계경제기구 정부 은행 똑똑한 국제화시대 관료들
의 어깨를 두드려주며
우아하게 잔치를 벌이고 있는 거야
그래 잔치는 끝나지 않았어

이제야말로 자네 얼굴을 보고 싶어
얼핏 스쳐 지나면서가 아니라
얼굴 마주보며 그동안 지친 어깨 서로 어루만지며
한 목소리로 다시 일어나고 싶어
실업자를 살려내라!
고용안정 쟁취하자!
죽어가는 어린이를 살려내라!
평화통일 앞당기자!
한 목소리로

저 죽음의 세력을 몰아내고

사람 사는 세상 만드는 혁명 그 깃발을 다시 세우고 싶어

한데 어우러져 어깨 펴는 통일세상 그 꿈을 끝내 이루고 싶어

　5.

끝으로, 자네 가게 잘 되나?

부디 건강하게나

애들 기죽이지 말고 잘 키우세나

세월은 흘러가도 산천이 아니

우리 꿈 이룰 때까지 건강하세, 여보게나

우리 가는 길에 자주 만나세나.

죽임의 시대에서 살림의 시대로 부활
하소서   —IMF 희생자 위령제 조시

송인도 동지,
신길수 동지,
그리고 제가 미처 이름을 모르고
알아도 이루 헤아릴 수도 없이 많은 동지들이여,
오늘 이렇게 살아남은 자들이
당신들의 영혼을 위로한다고 모였습니다.
살아남은 자들이 할 일이란
그저 관을 잘 짜고, 무덤을 잘 만들고, 제사를 잘 지
내는 건지도 모르지요.
끝없는 죽음의 시대엔
수없는 사람들이 죽음으로 삶을 끝내는 시대엔
제사라도 잘 지내는 게 일인지도 모르지요.
그래요
우리 살아남은 자들이 할 일이 있지요
당신들의 죽음을 잘 살려내는 일이지요

수없는 열사들이 이 코리아반도를 지키고 지구를 지
키는 시대에

불러도 불러도 다 외울 수 없이 많은 열사들의 시대에
송인도 동지여, 당신을 실직열사라 부를 수밖에 없
군요.
신길수 동지여, 당신을 정리해고열사라 부를 수밖에
없군요.
아아 IMF시대 이름 부를 수 없는 동지들이여,
당신들을 IMF열사라고 부릅니다.
아아 죽임의 세계화시대 수없이 죽임당한 동지들이여,
당신들을 세계화열사라고 부릅니다.

열사들이여
당신들은 살아서 무엇이건 앞장서셨죠.
걸레질도 앞장서고
품질관리도 앞장서고
노조활동도 앞장서고
동지사랑도 앞장서고
단결투쟁도 앞장서고
아, 죽음마저 솔선수범하셨구려!

캄캄한 시대 당신들 앞에 어둠만이 뒤덮여오고
그리하여 눈앞이 캄캄하고
살 길이 막막할 때
죽음이 다가왔겠죠.
이 어처구니 없음을 죽음으로 끝내자
이 황당함을 죽음으로 끝내자
이 부글부글 끓는 가슴을 죽음으로 끝내자
이 직책 이 직장 이 공장 이 회사를 말아먹는
저 돈의 세력들
저 등 뒤에서 비수를 꽂는 자들
저 웃음으로 분장하고 짐짓 너그러운 표정을 짓는
자들
저들에게 나의 죽음을 던져주자
저들에게 나의 캄캄함을 안겨주자
저들에게 나의 부글부글 끓는 분노를 먹여주자
그때 눈망울 맑은 아이들 모습이 어른거렸죠.
그때 사랑 가득한 아내의 얼굴이 떠올랐죠.

그때 죽임의 시대를 헤쳐오느라 늙으신 어머님 아버
님께 부끄러웠죠.

하지만 당신의 선택
당신의 솔선수범
그 죽음은 죽음이 아니라 죽임이었던 거죠
아니 지금도 계속 죽임인 거죠
당신은 자살을 했지만
당신은 스스로 죽었다고 했지만
검시자들은 자살이라고 매장허가서에 적었겠지만
펜대 놀리는 자들이 당신들의 죽음을 짐짓 애처롭다
는 듯이 보도했지만
아니었어요.
자살이 아니었어요.
타살이었어요.
저들이, 저들이, 저놈들이
당신을, 당신을, 당신들을 죽인 겁니다.
목매어 자살이 아니라 교살이었습니다.

음독자살이 아니라 독살이었습니다.
떨어져 죽은 것이 아니라 떨어뜨려 죽인 것입니다.
분신자살한 것이 아니라 분신타살한 것입니다.

이제 우리는 당신들의 죽음 앞에서야 비로소 깨닫습
니다.
아, 수도 없이 죽어간 열사들이여
전태일 열사, 김상진 열사, 김경숙 열사, 윤상원 열사,
김세진 이재호 열사, 박종만 열사, 이석규 열사,
박종철 이한열 열사, 강경대 박창수 김기설 김귀
정……
아, 그리고 문송면 김봉환 열사……
그리고 당신들 당신들 당신들……

열사들이여, 이제야 비로소 알게 됩니다.
당신들이 이루려했던 삶
당신들이 한없이 하고 싶었던 일
당신들이 살고자 했던 나라

무엇이었던가요
일하는 사람이 주인 되고
일하는 기쁨에 한 없이 행복한 나라
땀이 꿈이 되고
땀과 꿈이 힘이 되는 세상
매한가지였음을 오늘에야 깨우칩니다.

자식 위해 부모 위해
힘겨워도 힘을 모아 흘렸던 생산의 땀
작든 크든 당신들 가슴에 품었던
변혁의 꿈
그것이 혁명의 힘, 통일의 힘, 승리의 힘입니다.
이 죽임의 시대
IMF를 이기고 IMF의 대리깡패들을 이기고
죽임의 세계화를 이기고
가면 쓴 신자유주의를 이기고
갈라놓고 싸우게 하는 분단을 이기고
가야 할 길

당신들의 부활과 함께 우리가 가야할 길은
사람세상 통일세상 만드는 길입니다.

이제 압니다.
우리가 당신들을 살려낼 때 비로소 우리가 힘을 얻
는다는 것을 압니다.
우리의 부끄럽디 부끄러운 정성으로 빕니다.
부디 부활하소서.
그리하여 우리에게 힘을 주소서.
죽임의 세상에서 살림의 세상으로 다시 살아나소서.
그리하여 우리에게 힘이 되소서.

*1998년 6월 20일

돌아보니 길었고 내다보니 더 먼 길을
— 농민약국 10주년 축시

1.
온 눈이 벌게지도록 밤을 밝히고
온몸이 달구어지도록 거리를 달리던
그것을 무엇이라 하랴
그저 그냥 젊음이라 하기엔
바로 그 무엇이 고개를 젓는다.
아니다, 아니다, 라고

지금
여기
이 땅에서
멀리가 아니라도
농민혁명의 횃불이 꺼지지 않은 땅
민중항쟁으로 흘린 피
채 거두지 못한 땅에서
지금

그저 젊음이라 할 수 없는 그 무엇을

무엇이라 하랴

무엇이라 하랴
무엇이라 할 수 없는 그 무엇을

아니 무엇이라 할 수 없는
그 무엇이
지금 여기 어디에 있느냐
누구에게 있느냐

  2.
누군가는 그것이
가슴에 있다 하고
어떤 이는 그것이 단전에 있다 하고
또 많은 사람은 손에 있다 하고
흙 더듬는 손
망치 두드리는 손
그와 더불어 어깨에 있다고도 하고

장딴지에 있다고도 하고

언젠가는 그것이
총구에 있다고도 하고
조직에 있다고도 하고
지도자에게 있다고도 하고
군말 할 것 없이
민중에게 있다고도 하고
자본과 싸우는 권력에 있어야 한다고도 하고
그 무엇보다도
생명을 키우는 대지에 있고 있어야 한다고도 하고
하는

그 무엇은 무엇인가

  3.
10년이면 강산이 변한다지만
약국에 약도 없이

약국을 연다고 내대던 그날로부터 10년
약장사가 약국에 약을 팔지 않겠다고 뻗대던
그 어처구니없는 약장사판으로부터 10년
무엇이 변했나
농어민 의료보험 시정하라, 로부터 10년
만장일치 통합의료보험법 거부권 행사로부터 10년
이제 빛 좋은 개살구
통합의료보험을 시작한다고 하는데
무엇이 달라지고 있나

4.
돌아보니 구절양장 엎치락뒤치락 길었구나
되새겨 보자니
새록새록 떠오르는 승리의 기쁨
눈물 없이 싸움 없이 거둘 수 없었던
승리의 기쁨

긴 한숨 끝 짧은 기쁨

이제 여기서 그 무엇은 무엇이냐
이제 이만큼 해서
농민약국 10년
약국도 늘고 식구도 늘어난 지금 이만치에서
그것은 무엇이냐

이만치 허덕허덕 달려오게 한 그 무엇은
또 얼마만치 우리로 하여금
먼 길을 가라고 하는 것인가
아직도 처녀인 저 약사들에겐
그 무엇이 무엇이기에
아직도 먼길을 가라 하는가

아니 그 무엇은 무엇이기에
10년 전 풋내기 처녀약사에게
목숨 걸린 약을 짓도록 맡겨두게 했는가
흙 파고 허리 휘는 농민들

흙농사 힘들어 아스팔트 농사라도 지어야 하는
농민들은 그 무엇을 품었기에
저 처녀들로 하여금 10년을 오게 하고
앞으로도 10년, 또 10년, 또 10년…
먼 길을 가라 하는가

늙어서도 가져야 하고 있어야 하는
그 무엇은 무엇이기에
우리로 하여금
더 먼 길을 가야만 한다고
밀고 또 당기고 있는가

길고 긴 아픔 끝 기쁨이여
길고 긴 슬픔 끝 기쁨이여

새해 새노래여

1.

벗이여 우는가
혁혁 입김마저 얼어붙는 추위 속에서
살갗이 터지고
제자리 뜀박질이라도 해야 동상을 면할 겨울에
열어젖힌 가슴팍으로 뛰어드는
날선 얼음덩어리에 가슴 저려 우는가
서로 찔러댄 말씨름의 비수에 찔려 우는가

벗이여 웃는가
제 아무리 우기고 어거지를 써도
땅을 가르고 패를 쪼개가면서
잔악한 식민통치전술을 기막히게 써도
끝끝내 일어나는 민중승리의 역사법칙에 웃는가
사윈 듯 잦아든 듯한 들판에 건듯 바람이 일고
활, 활, 활, 일어나는 불덩이에 가슴 뜨거워져 웃는가

2.
벗이여 아는가
변혁의 새바람 새기운을 아는가
10년 전엔 총알 맞은 오리걸음 이주일이 왔고
이번엔 리바이벌은 절대 싫은 짬뽕이 왔다.
때가 왔다는 이 기미를 아는가

오오 때가 왔다
새해 새날이 열리고 있다
아니 새해 새날이 왔다
우리들 가슴에 아로새기는 꿈
이미 펄럭이는 깃발로 힘차게 나부끼는 깃발로
새해 새날이 열리고 있다 아는가 벗이여

3.
벗이여 오는가
지치고 다친 어깨를 감싸주며

성큼 다다를 우리의 새세상
바로 저기 저 빛나는 희망의 불꽃
캄캄함보다 더 캄캄한 어둠을 가르며
번쩍번쩍 다가오는 새땅
독재총칼의 벽을 깨고
분단 식민지배의 벽을 헐고
새해 새날에 새 땅 새 세상을 여는
새로운 목소리 새 노래로 오는가 벗이여
너, 태우리! 노태우 너, 태우리! 노래로 오는가
고, 레그! 그레그 고, 레그! 합창으로 오는가

   4.
벗이여 가는가
홀로가 아니라 여럿이서 함께
결단할 때는 홀로 결심하지만
투쟁할 때는 여럿이 결의하면서
썩어가는 한강을 깨끗이 씻어 민족 앞에 바치러

무너지는 차령을 우뚝 세워 겨레 앞에 비치러
성큼성큼 저 빛나는 새땅으로
새해 새노래에 어깨 스크럼 어느새 어깨춤으로 어우
러져
너나없이 부둥켜안고 울며 웃으며
빛나는 노동의 빛나는 행복을 일구러

벗이여 그대 새해 새노래꾼으로 가는가
자주 민주 통일의 새일꾼으로 가는가
그대 벗이여

제4부

최소 요구조건

부글부글 끓지만
소리 지르지 않겠다
C 라이트 밀즈처럼
"Listen Yankee!(들어라 양키들아)"라고
논증하지도 않겠다.

다만,
다만,
다만,

코리아반도 대한민국 경기도 평택시
팽성읍 대추리 도두리 주민들로 하여금
"미국놈덜, 그리고 대한미국놈덜"이라고
한 서린 욕을
입에 담지 않게만 하라

그 이전은 말고

1945년, 아니면 1950년,
그 이후 지금까지 3세대가 되도록
점령의 세월이 길고 길다보니
'반미'가 '반미주의'가 되었으니
'반미주의'가 아닌
한때 열 받은 '반미'가 되도록
시간을 절약하게 하라

그 넓고 아름다운 땅 아메리카 대륙
USA 주민들이 그러하듯
맑은 하늘, 산, 강, 바다, 숲, 호수……
그 속에서 사람답게 사는 것
그도 과분하니
이 작고 안타까운 땅 코리아 반도 황새울 벌판
농사만큼은 맘 놓고 짓게 하라

논갈이 밭갈이 서두른다고

사람을 잡아가두다니! (깟땜!)

지금 다시, 다시 말하노니
악물어지는 이 참고
그대들 무사귀환을 위해 말하노니
농사짓는 아름다운 노동을
피 터지는 독립운동이게 하지 마라
우리네 미풍양속 품앗이 농사두레가
성난 파도 민중운동으로 번지게 하지 마라
그저 그냥 살자는 평화운동을
온 지구를 흔드는 반미운동으로 들끓게 하지 마라

아마도 잊었을까봐 다시 말함세
나도 그저 한 사람 그냥 평화주의자
아름다운 아메리카 좋다네
나도 그냥 한 사람 대한민국 국민
우리 5천 년 코리아 사랑한다네

자 이제 냅둬, 냅둬 주게
비틀즈 노래처럼
"Let It Be!(냅둬)"
총칼장사 전쟁주의 끝내고
냅둬, 솔부엉이 밤새껏 황금눈 밝히게 냅둬 주게

산절로 수절로, 논절로 밭절로, 풀절로 나무절로,
집절로 사람절로, 밥절로 술절로, 몸절로 마음절로,
말절로 글절로, 춤절로 노래절로, 절로절로 살고 싶네

그려, 그려
그저 그냥 살고 싶네
이것이 최소 요구조건이네
받을 만하시지?
요것, 요것만 지켜주게
그대들 무사귀환을 보장함세

그려, 그려
가시게나
그저 그냥 가시게나
그대들 부모형제 품으로
잘들 가시게나
가시거든 안부 잊지 말고,
아시것지? 잉?

* 2006년 3월 23일

아, 이 손맛!

시청앞 광장
오랜만에 깃발을 들었다

낚싯대에 매어 단 깃발
동, 서, 남, 북, 으로
바람 따라
민족자주 바람 따라
깃발이 펄럭여 깃대가 휘어진다

아, 이 손맛!
아, 이 당길 힘!

손끝으로, 손목으로, 어깨로,
온 몸이 뻐근해지도록
그 어떤 월척보다 힘차게 당기는 힘!
끌고 가라 10만 함성과 함께,
나를 송두리째 끌고 가라 깃발이여

매향리 넋걷이

새댁,
울지 말아요
울지 말아요 새댁

그 날도 갯벌엘 나갔지
매향리에 갓 시집온 새색시 첫 애기를 배 속에 품고
시아버님 제삿상차림 차리려고
새댁 자궁 속에 새 생명으로 자라는 새 애기를 품고
무거운 몸을 마다 않고
무서움 가득한 뻘밭
섬뜩섬뜩 등골이 오싹한 갯벌
건너 농섬엔 20년을 그래왔듯 폭격연습이 계속되었
지만
설마했지
아니 설마가 아니어도 뻘밭이 살림밭이니 어쨌겠어
무서워도 입에 먹거리는 들어가야 살 수 있는 목숨
이니 어쨌겠어
설마했지 어쨌겠어 물질 않고는 살 수 없는데

저 양키놈들 사고는 없다고 예나 지금이나 뻔뻔스럽
게 둘러대는데
제발 제발이지 별 일만 없으라 했지
하지만 올 것이 오고야 말았어
기어코 그 끔찍한 사고가 나고야 말았어
설마가 기어코 사람 잡고 말았어

어디서 날아왔나
웅크리고 갯벌 바닥을 뒤집는
새댁
등허리에 그 무지막지한 폭탄이 날아와 박히고 말았어
양은탄!
그 악마의 폭탄몽둥이가 새댁 등판에 박히고 말았어
쿠아악!
그 양놈들 양은탄이 기어코 새댁 등판을 뚫고야 말았어
콰알콸!
쏟아지는 피
아니 아니!

분수처럼 새댁 등허리에서 내뿜어져 나오는 피
갯벌에서 함께 놀란 아주머니들 눈을 뒤집고 말았어
아아 벌벌벌 놀란 가슴을 쓸어내릴 틈도 없이
눈이 뒤집어지고 말았어
부들부들 떨리는 손으로
새댁을 끌어안은 아주머니도 온통 피범벅
정신이 나가고 말았어
새댁
뱃속에 자라던 새 애기는 어땠을까
그 순간 새 애기는
어땠을까
세상 밖으로 나오기도 전에
제 이름을 갖기도 전에
생명의 첫걸음을 내딛어 보기도 전에
엄마 배 속에서 그대로 죽어간 새 애기
세상 밖이 얼마나 끔찍하게 무서운지
그 무서움마저도 무서워할 겨를이 없는 엄마 아빠
그 엄마 아빠의 세상에 나오기 전에 세상 인연이 끊

겨버린 새 애기
　새 애기는 어땠을까
　새 애기는 그 때 그 순간 어땠을까

　새댁,
　울지 말아요
　울지 말아요 새댁

　신랑도 울었다오
　그대 낭군도 하염없이 울었다오
　질긴 목숨 죽지도 못하고
　날이면 날마다
　술 없이 살지 못했다오
　날이면 날마다
　눈물 없이 잠들지 못했다오
　새댁을 죽여버린 저 양키놈들
　저 악마의 살인연습장에서 30년
　문지기 종놈 신세로

새댁 몸값
새 애기 목숨값으로
그 알량한 월급 받아가며
죽지 못해 하냥하냥 살다가
이제 이 세상을 뜨고 말았다오
살아있기가 죽기보다 못한 종살이 끝내고 이 세상
뜨고 말았다오

새댁,
울지 말아요
울지 말아요 새댁

새댁 가고도 30년
저 전쟁연습장 생기고 50년
사는 게 무언지
하루도 편할 날이 없었다오
아이쿠 간 떨어지겠네
아이쿠 애 떨어지겠네

그렇게 살아온다오

날이면 날마다 500번 600번씩
저 오살할 놈의 폭격기들
저 쳐죽일 놈들의 폭탄들
간이 오그라들고
애가 떨어지면서도
저 폭탄들 속에서
이렇게 목숨을 끊지 못해
살아 있다오
귀멀고 속병 든 채
죽어지지 못하길래
하냥 이승에 있을 뿐이라오
아니 아니지
무얼 해도 해야지
아암 해야지 하고 말고
새댁 울지 말아요 새댁
이젠 울지 말아요 새댁

무얼 해도 해야지
아암 해야지 하고 말고

째애액 쿠앙 쾅 콰아앙!
부우우웅 투타타타타타!
삐유웅 퍼퍼퍼퍼퍽!

50년을 욱대기는데
그냥 앉아있을 시러배 얼간이가 어디 있겠오
총 맞아 폭탄 터져 수십의 목숨이 새댁처럼 세상을
뜨고
미치지 않으면 견딜 수 없어 스스로 목숨을 끊고 떠
난 이가
열 집에 한 집 꼴
모진 목숨을 제 손으로 끊어버린 그 억울한 죽음이
수십인데
귀가 멀고 마주 앉아 오손도손 말벗 할라 치면

쌔애애액 꾸과과광 볶아쳐대는데
어찌 가만 앉아만 있었겠소
하다 못해 씨부렁 씨부렁 욕이라도 내뱉지 않으면
성이 풀리지 않고
때려죽일 놈들 엿이나 먹어라 감자멕이기라도 해야
돌아서겠거든
어찌 분노 없이 살아갈 수 있었겠오
다친 이가 수백이니 아이들 학교 보내기 겁나고
음머어 새끼 떨어진 소가 수 백 마리
꼬꼬댁꼬꼬꼭 이리 몰리고 저리 몰려 깔려죽은 닭이
수천인데
어찌 하냥 보고만 있을 수 있었겠소

어찌 구구르 나 죽었네 숨죽이고만 있었겠소
매향리 매화향기 간 데 없고 화약냄새만 가득하고
고온리가 쿠니로 이름마저 바뀐 판에
양키놈들 제 땅에서도 이리 하진 않을 터에
조선땅 남쪽에 미국놈들 제 땅이라고 차고 앉아

조선땅 북쪽에 쏘아대는 연습을 한답시고
우리네를 북녘 우리 형제 대신 총알받이 인형으로
삼아
죽는 이 다치는 이
부서지는 집 망가지는 땅
죽어가는 가축 썩어가는 흙이 있어야
실감이 생긴다나
저 지랄들을 해대고 있으니
어찌 참을 수가 있었겠소

무얼 해도 해야지
아암 해야지 하고 말고

들고 일어났지
들고 일어나 10년
10년이 넘도록
개 끌리듯 끌려가 감옥에 처박히고
쥐어 터지며 윽박질러대는 양키놈들 앞잡이들에 몸

서리치며
  10년이 넘도록
  싸우고 또 싸우며
  여기까지 왔다오
  우리 마을만이 아니라
  온 나라 젊은 평화의 일꾼들이 함께 싸우며
  이제 여기까지 왔다오

  전만규
  우리의 투사
  순하디순한 사람
  아버지의 자살에 넋을 잃었다 깨어나
  입술을 깨물며 일어섰다오
  눈물을 삼키며 당당히 나섰다오
  전만규들
  매향리의 영웅들
  다들 힘을 모아 싸우는
  생존권 투쟁의 앞머리에 서 있다오

자주권 투쟁의 한가운데 서 있다오

울지 말아요 새댁
이제 더는 울지 말아요 새댁

양키놈들은 좋겠지
제놈들 대신
한국 경찰이 한국 사람을 막아서고 잡아가두니
한국 경찰이 척척 알아서 대신 방패막이 담벽을 쌓
아주니
양키놈들은 좋겠지
제 손에 피 묻히지 않아도
전만규를 잡아가두고
신부님 머리통에 돌덩이 내려치고
학생들 노동자들 매향리 사람들 가릴 것도 없이
몽둥이질에 방패찍기로 앞잡이 노릇 잘들 하고 있으니
양키놈들은 좋겠지
하지만 새댁

이젠 아니지
저 양키놈들
저 앞잡이놈들
저 전쟁연습장
6·25 전쟁이 끝나기도 전에 들어선 폭격장
50년을 하루같이 총탄이 날아오는 이 매향리 전쟁터
를 그대로 두고
어찌 살아있다 하겠소
어찌 사람으로 살아있다 하겠소
저 양키놈들 저 청맹과니 꼭두각시들 그대로 두고
어찌 우리가 독립국가라 하겠소
어찌 자주민족이라 하겠소

새댁, 이제는 울지 말아요
이제는 울음을 거두어요

가슴에 맺힌 한을 풀어 보자구요
쟁이고 쟁여진 분노를 풀어 보자구요

저 못된 악마의 군대 몰아내고
이 아름다운 매향리 평화의 마을 매화향기 되찾자구요
맨 주먹으로면 어때요
어깨 걸고 나아가 너나없이 하나로 뭉쳐
산 자도 죽은 자도 모두 나서
전만규를 구출하고
저 철조망을 걷어내자구요
우리 가슴에 그어진 저 철조망
분단의 철조망을 걷어내고
가자구요 통일의 나라로
가자구요 자주의 나라로

보아요 새댁
여기 모인 사람들
함께 가요 새댁
슬픔을 삼키며 슬픔 없는 나라로
아픔을 삭이며 아픔 없는 나라로
새댁,

이젠 울지 말아요
이제 더는 울음에 매이지 말아요
울음을 이겨요 새댁
슬픔으로 슬픔을 풀고
아픔으로 아픔을 풀며
우리 이젠 가요
우리 따스한 가슴들
기쁨으로 기쁨 만드는 세상으로
우리 오손도손 정다운 사람들
믿음으로 믿음 엮어가는 세상으로
그래요 가자구요
남과 북이 하나 되어
온 세계에 평화의 노래를 불러줄 평화의 나라로

새댁, 울지 말아요
이제 더는 울지 말아요 새댁

*2000년 6월 22일

아아 사랑하는 아메리카여

아아 사랑하는 아메리카여
우리가 그대를 사랑하기에 사랑하기에
돌려줄 것은 분노뿐이다

늘 그래왔듯이 그대는 우리에게 경중경중 쳐들어왔다.
바이블로, 함포로, 삐라로, 밀가루로, 껌으로, 페니
실린으로,
콘돔으로, 칼라 테레비로, 영화로 프로야구로.

늘 그래왔듯이 그대가 우리에게 경중경중 쳐들어올
때 그대는
무언가 또 다른 걸 곁들이고 끼워 넣고 질러두는 것
을 잊지 않았다. 잊지 않고 있다.

그대 탐욕의 면죄부 바이블과 함께 필그림파더의 도
피자 행각을
슬쩍 덮어씌운 개척자 정신의 가면 속에서 냉소했
다. 냉소하고 있다.

　무례한 제국주의 인사법인 함포사격과 함께 메이플라워를 타고
　인디언의 땅을 짓밟아 버리던
　그 인간사냥꾼의 동물근성을 유감없이
　발휘했다. 발휘하고 있다.

　점령군 총사령관답게 비행기로 살포한 공갈삐라와 함께 지역통치의
　'크레도' 대로 분할과 공작을 일삼았다. 일삼고 있다.

　밀가루와 껌과 페니실린과 함께
　그대 체스 두듯 마음대로 핵병기, 핵배낭, 핵비행기, 핵항공모함을
　수도 없이 이 땅에 턱턱 박아놓았다. 박아 놓고 있다.
　(이놈들! 누구더러 씨도 없이 사라지라는 거냐!)

　그대는 이제 올 데까지 왔다. 갈 데까지 갔다.
　콘돔과 칼라 테레비와 함께, 영화와 프로야구와 함

께 마약중독이 넘치고
　아니 처음부터 끝까지 악마 중독환자인 아메리카여
　그대는 공해산업에 썩은 쇠고기에 양담배에
　이젠 에이즈까지 이 땅에 퍼뜨리고 있다.
　이제 우리도 올 데까지 왔다. 갈 데까지 간다.
　그대가 우리에게 디디티를 뿌렸듯이
　우리도 이제 그대에게 디디티를 뿌려주마

　아아 사랑하는 아메리카여
　우리가 그대를 사랑하기에, 사랑하기에 돌려줄 것은
　그대 아끼는 말 '로고스' 뿐이다. 이 한마디뿐이다.
　그대가 애써서 자랑스럽게 만드는 우주선 타고 이
땅 핵병기며
　에이즈며 그대가 만든 모든 것 함께 싣고 함께 곁들
이고 끼워 넣고
　질러두고 지상에서 영원으로
　자폭하라! 자폭하라! 자폭하라!

매카서* 군대에게 포고함
— 칠천만 코리아민중 평화통일 연합사령관 포고 1호

칠천만 코리아민중 평화통일 연합사령관으로서 자에 다음과 같이 포고한다.

귀 매카서 군대는 1945년 미국 태평양방면육군총사령부 군대로 조선영토를 점령하였고, 다시 1950년 국제연합군 군대로 코리아반도 전역에 진주해왔으며, 1953년 코리아휴전협정 이래 2000년 현재에 이르기까지 휴전선 이남에 주둔하고 있다.

귀관 매카서는 애초 첫 포고에서 "조선인민의 오랫동안의 노예상태와 적당한 시기에 조선을 해방시키려는 연합국의 결심"을 밝혔던 바 이는 이미 55년이 경과하였으며, 귀 매카서 군대가 우리 코리아에 주둔해야할 그 어떤 명분과 권한과 시효도 원천무효이므로 귀 매카서 군대는 지금 현재 시점에서부터라도 즉각 철수하여 우리 칠천만 코리아민중의 자주독립 평화통일을 실현하여야 한다는 것을 새로이 확신하여야 한다.

따라서 귀 매카서 군대는 이 포고에 따라 적극적으로 원조 협력하여야 한다.

본관은 본관이 자임한 칠천만 코리아민중 평화통일

연합사령관의 양심으로서 여기에 귀 매카서 군대에게 즉각 철수를 명령하고 다음과 같은 평화통일에 관한 조건을 포고한다.

제 1조 코리아영토와 코리아민중에 대한 귀 매카서 군대의 통치권한은 원천무효이므로 우리 코리아가 1945년 귀 매카서 군대 점령 이전 시점으로 소급하여 회수한다.

다시금 밝혀두거니와 코리아의 자주권 특히 군사자주권은 5000년 전 단군조선 이래로부터 현재는 물론 앞으로도 영원히 우리 코리아민중에게 있다.

제 2조 1953년 7월 27일 체결된 코리아휴전협정은 이미 휴지가 되었거니와 현재로부터 파기된다.

귀 매카서 군대는 코리아휴전협정이 체결된 이래 귀 매카서 군대를 제외하고는 전쟁 당사자군대들이 모두 동 협정에 따라 코리아영토에서 철수하였으므로 귀 매카서 군대는 이미 국제연합군이 아닌 아메리카합중국 군대일 뿐이므로 국제연합군으로서의 지위를 상실한 것으로 간주하는 바이다.

따라서 귀 군대는 동 협정에 근거하여 주둔할 하등의 이유가 없으므로 즉각 철수하여야 한다.

다시 확인시켜주거니와 귀 매카서 군대는 동 협정 제4조 60호 건의와 1953년 8월 국제연합 총회 결의에서 권고한 바 동 협정 체결 3개월 이내에 전 외국군대의 철수를 위한 회담을 기피하였을 뿐만 아니라 동 협정 제2조 13호 ㄷ항 새로운 군대의 유입 금지 및 ㄹ항 새로운 무기 반입의 금지 조항을 위반하여 동 협정의 효력을 전면 훼손하였으므로 동 협정의 파기 원인은 전적으로 귀 매카서 군대에 있다.

아울러 귀 매카서 군대는 이미 국제연합군이 아니므로 귀 매카서 군대 스스로 국제연합에 국제연합군으로서의 모든 지위와 권한을 자진반납하여야 함을 최고한다.

제 3조 귀 매카서 군대가 코리아에서 그리고 코리아를 향해 행사하는 그 어떤 군사작전권도 인정될 수 없으며 현재로부터라도 코리아의 군사작전권은 코리아 민중이 행사할 것이다.

귀 매카서 군대가 노루 뼈 우려먹듯 50년을 우려먹고 있는 1950년 7월 15일 이른바 대한민국 대통령 이승만이라는 노망난 늙은이가 귀 매카서 군대에 작전권을 이양한다는 편지는 원인무효이다. 애초부터 이승만이 제 나라의 군사작전권을 외국군대에 넘겨주면서 "본인은 지휘권을 이양하게 된 것을 기쁘게 여기는 바"라고 할 만큼 정상이 아닌 정신상태 즉 정신착란상태에서 자행한 질병 중 행위를 빌미삼아 작전권을 수락한다고 한 것은 수락이란 미명의 강탈이었음을 자인하여야 할 것이다.

애초부터 원인무효인 편지를 근거로 삼아 그 이후 상호합의라는 미명하에 귀 매카서 군대의 입맛대로 정리해온 여러 부속합의들에 따라 귀 매카서 군대가 행사하고 있는 작전권은 당연히 코리아에 반납하여야 한다.

귀 매카서 군대가 이를 반납하지 않더라도 현재로부터 코리아의 군사작전권은 당연히 우리 코리아에 환수한다.

제 4조 1953년 10월 1일 체결된 한미상호방위조약은 귀 매카서 군대 일방에만 이익이 되는 협정으로서 상호평등호혜의 원칙에 입각하여 전면 개정되어야 하는 바 동 조약 제6조 "어느 당사국이든지 타당사국에 통고한 후 1년 후에 본 조약은 종지시킬 수 있다"는 조항에 근거하여 현재 시점에서 이의 종지를 통고한다.

따라서 동 조약 제4조에 따른 귀 매카서 군대의 대한민국 영토 주둔권은 앞으로 1년간만 유효함을 재확인하는 바이다.

제 5조 1967년 2월 9일 체결된 한미행정협정(대한민국과 아메리카합중국간의 상호방위조약 제4조에 의한 시설과 구역 및 대한민국에서의 합중국군대의 지위에 관한 협정)은 위 제4조의 조건으로 포고한 바에 따라 한미상호방위조약이 1년간만 유효하므로 동 행정협정

제31조에 규정된 바대로 한미상호방위조약이 유효한 1년간만 유효하다.

따라서 한미행정협정은 현재로부터 1년 후에는 그 효력이 정지된다.

동시에 확인해 둘 것은 귀 매카서 군대에 대한 일체의 재정지원은 현재로부터 전면중단하며, 향후 1년간 유효한 귀 매카서 군대의 코리아주둔 기간 동안 기지 사용료를 부과할 것이며, 55년간 주둔한 데 대한 사용료는 정당한 절차에 따라 배상을 받아낼 것이다.

제 6조 위 제1조로부터 제5조의 조건이 이행되기까지라도 귀 매카서 군대의 새로운 군대와 무기의 코리아영토 반입은 금지되어야 하며 한국군대에 대한 일체의 무기 강매도 중지되어야 한다.

물론 당연히 위 제1조로부터 제5조에 포고한 바에 따라, 그리고 본 제6조에 포고한 바에 따라, 뿐만 아니라 위 그 어떤 조항만이 아니라 국제법 그 어디에도 근거가 없는 불법행위에 해당하는 매향리 폭격장에 대한 귀 매카서 군대의 폭격은 즉각 중지되어야 한다. 물론 당연히 귀 매카서 군대가 1952년 이래 48년간 매향리 폭격장에 대해 자행해온 그 모든 불법행위에 대하여는 정당한 절차에 따라 배상을 받아낼 것이다.

제 7조 귀 매카서 군대가 우리 코리아반도 도처에서 자행한 양민학살, 강간, 폭력, 파괴 등 범죄행위, 주권 유린 등 그 모든 만행에 대하여 정당한 절차에 따라 진상을 밝혀내어 국제사회에 고발하고 배상을 받아낼 것이다.

아울러 귀 선조 매카서 군대들이 100년 전부터 코리아와 코리아민중에 자행해온 군사범죄 및 경제범죄, 문화범죄를 포함한 모든 범죄행위에 대하여 배상을 받아낼 것이며 약탈해간 일체의 문화재를 되찾고야 말 것이다.

제 8조 귀 매카서 군대의 배후인 아메리카합중국 전쟁자본, 금융자본이 우리 코리아에 자행하고 있는 일체의 경제침략행위는 즉각 중지되어야 한다.

이제까지 체결된 모든 한-미 경제협정들은 상호평등호혜 원칙에 따라 전면 개정되어야 하며 새로운 경제협정 역시 상호평등호혜의 원칙에 따라 체결되어야 한다.

일부 수정에도 불구하고 현재까지도 코리아 북부민중에 이루 말할 수 없는 고통을 가하고 있는 일체의 경제적 군사적 봉쇄행위 및 압박행위는 즉각 중지되어야 한다.

이 포고 이전에 자행한 경제범죄와 이후에 자행하는

경제범죄에 대하여는 귀 매카서 군대와 전쟁자본, 금융
자본이 멸망할 때까지 배상을 받아내고야 말 것이다.

제 9조 귀 매카서 군대는 코리아를 포함하는 아시아
지역 나아가 지구상 도처에서 자행하고 있는 NMD
TMD 등 핵무기 확대 및 무기개발 등 군사력 확대행위,
한-미-일 삼각군사동맹 등 군사동맹, 포커스렌즈훈련
림팩훈련 등 군사훈련, 세계도처에서 벌이는 군사전쟁
책동 등 일체의 전쟁행위를 즉각 중지하고 세계평화와
귀 아메리카민중의 평화를 위한 반성과 사죄에 해당하
는 행동을 실천해야 한다.

제10조 이 포고가 시행되어 완료되기까지는 한글을
모든 목적에 사용하는 공용어로 한다.

한글원문과 영어 또는 기타 언어 원문에 해석 또는
정의가 불명하거나 부동할 때에는 한글원문을 기본으
로 한다.

— 2000년 8월 15일
칠천만 코리아민중 평화통일 연합사령관

*매카서: 1950년 6월 한국전쟁부터 1951년 4월까지 연합군 총사령관으로
서 인천상륙작전을 지휘했던 미 육군 원수, 더글라스 맥아더 장군을 뜻함.

'매카서의 자손'에게 주는 충고문

그대여!

아메리카합중국이 이 지구마을에서 지금 어떤 존재인지를 분별하고,

1620년 메이플라워호를 타고 건너온 필그림 파더들의 존재가 얼마나 처량한 존재였던가를 분별하고,

1776년 독립선언을 하던 13개 식민지 주민이었던 '매카서의 자손' 그대 선조 매카서들의 그 절박함과 지금 아메리카 합중국의 식민지배를 받는 세계 각지 문화민족들의 처절함을 똑바로 비교 인식하고,

그대 선조 매카서들 그 무시무시한 사냥꾼들의 총구 앞에서도 의연함을 잃지 않으며 당당하게 맞서고 처절하게 본향으로 돌아간 인디언들— 아메리카 원주인들의 그 담대함을 배우라.

자연에서 나서 자연으로 돌아가는 아메리카 자연의 사람들— 네이티브 아메리칸의 그 담대한 자연철학을 허허로운 가슴으로 배우고 배우라.

1865년 북군에게 패배한 남군 로버트 리 장군이 링

컨의 게티즈버그 연설을 되새기던 그 패배의 심정을 되새기고,

인디언 사냥, 아프리카 흑인 사냥에서 희생시킨 그대 선조 매카서들의 무자비한 그 폭력이 승리한 것이 아니라 사실은 패배한 것이라는 그 역사를 정직하게 받아들이고 부끄러워하라.

1950년 그대 선조 매카서들의 총알받이로 내몰려 코리아반도에서 죽어간 3만여 흑인병사들의 주검이 무엇을 위한 주검이었으며, 그 전쟁에서 총탄과 포탄, 공중폭격 집단학살로 죽어간 그 모든 조선민족 200만의 희생, 그 무엇으로 되갚을 수 없는 죽음으로 승리한 영혼들 앞에서 정직한 패배를 인정하고 되새겨 부끄러워하라.

1975년 베트남 전쟁에서 허겁지겁 쫓겨날 때의 그 패배를 정직하게 받아들이고

무지막지한 행패를 부리고 있는 세계 도처에서 그대 선조 매카서들이 그러했던 것처럼 독립전쟁을 벌여야 하는 세계 민중들의 그 도도한 파도 앞에 기어코 패배하고 말 것임을 정직하게 인정하라.

이라크에 퍼부은 전자오락식 미사일폭격, 유고에 퍼부은 그 무수한 폭탄들이 그대에게 승리를 주었다고 착

각하기보다는 그 승리가 곧 패배임을 깨닫고 겸손할 줄
아는 오묘한 힘을 갖도록 기도하라.

인간으로 인간의 도리를 분별하고

인간을 인간으로 대하지 않음으로써 침탈 학살당한
인간만이 아니라

그대 자신의 인간 자체마저도 파괴시킨 그 처참한
패배 앞에 당당히 부끄러워하라.

바라건대

애초 13개 식민지는 물론이거니와

원주인을 내쫓고 차지한 광대한 인디언 레저베이션,

서부 광활한 황금의 땅과 멕시코에서 빼앗은 땅들,

본래 매카서들의 땅이 아닌 아메리카 대륙 전체를
그대의 땅인 줄 착각하여 쉬움과 안락의 길로 들어서지
말고

세계 도처,

아아 무엇보다도 50년이 넘도록 무단 점령한 코리아
반도의 여기저기에 암세포처럼 자리잡은 그대들의 군
사기지 오물처리장 인간사냥연습장에서 주인 행세하
는 안락에 빠지지 말고

세계도처에서 수탈한 재화를 펑펑 쓰면서 그것을 행
복이라 착각하는 쉬움에 들어서지 말고

매향리에서 용산에서 의정부에서 노근리에서 익산
에서 코리아반도 도처에서
그대의 만행을 규탄하는 그 도전에 대하여 분투하고
항거하기보다는
그대를 사지로 내몰고 진실을 마비시키는
그대 내부 권력자들과 금력자들, 무기장사꾼들의
그 무지막지한 법제와 조작에 분투하고 항거할 줄
알도록 인도하여 주시기를 그대 신 앞에서 엄숙히 기도
하라.

그리하여
반공 이데올로기 매카시즘의 폭풍 속에서도 진실을
찾아 진실을 지키려 희생을 각오했던 용감한 선배들을
기억하고
열대병이 더 무서운 밀림 베트남 전쟁터로 내몰리는
그 엄청난 가짜 애국주의 폭풍 속에서도 오도된 전쟁을
반대하며 싸울 줄 알았던 평화주의자 히피들의 모범을
배우고
아아,
그대의 선조 매카서들과 그대 '매카서의 자손' 에 의
해 처참히 죽어간 세계 민중들

아아,

흰 저고리 무명치마 처녀 아줌마 엄마 할머니 가리지 않고 유린 당했던 조선여성들

갓 태어나 나오지 않는 젖을 빨며 생명을 이어가다 어김없이 날아온 매카서들의 총탄에 숨을 거둔 그 투명한 눈빛의 어린애들

그 패배함으로써 승리한 영혼들 앞에서 가긍히 여김을 받기 위하여 가긍히 여길 만한 반성을 머뭇거리지 마라.

진정 세계 민중들 앞에서 엄숙히 반성하고 사과하고 배상하고 죄과를 청산하고 참으로 깨끗하게 씻겨진 마음으로 웃을 줄 알기 위하여, 이 지구마을에서 더불어 살아갈 수 있도록 허락하여 줄 넉넉한 마음들 세계 민중들의 사랑을 받아 안을 수 있기 위하여

웃음을 웃을 때 웃음 거두며

동시에

울어라. 울어라. 울어라.

미래는 이제 그대 매카서 가족들의 세계가 아니라

겅중겅중 나대며 장총을 쏘아대던 황야의 무법자 그 전통으로 세계 도처에서 총탄으로 윽대기는 세계의 무

법자가 지배하는 세계가 아니라
　순정한 사랑으로 거룩한 노동의 땀을 흘리며 살아가
는 세계 민중들의 세계임을 내다볼 줄 알고,
　아아 미래는 세계민중과 사랑을 나누며 더불어 살아갈
　통일코리아 평화민중들의 세계임을 내다볼 줄 알고
　동시에
　그럴 수 있기 위하여 과거를 배우라.
　역사 없는 매카서의 200년이 역사라면
　한 마디로 '죄악의 역사' 임을 각인하는 역사관을 잃
지 않을 힘을 가질 수 있도록 기도하라.

　이것을 다 깨우친 다음에 이에 더하여 유머를 알도
록 배우며
　세계 민중의 야유와 규탄과 풍자와 직언의 유머를
배우며
　코리아민중의 "이젠 너희 집으로 가라"는 그 은근하
고도 끈기 있는 사랑의 말씀을 가슴에 새기며
　인생을 엄숙하게 살아감과
　동시에
　삶을 즐길 줄 아는 길이 어디에 있는가를 세계 민중
형제들의 유머에서 배우며

자기자신의 덩치 큰 것이 중대함이 아니며
무기의 크기가 자기자신의 크기가 아니며
자본의 힘이 자기자신의 힘이 아니며
오히려 그 역으로 그대의 크기를 왜소하게 축소시켜
그대를 인간이 아닌 인간쓰레기로 만드는 그 중대함
들을 걷어내는 겸손함만이 그대를 중대히 여길 수 있는
중대함이며 크기이며 힘임을 알게 하는
겸손한 마음을 가질 수 있도록 기도하라.

그리하여
참으로 위대하다는 것은 소박함에 있다는 것
그대 매카서들이 헤프게 쓰는 그 모든 것들을 줄이고
세계도처 무단점령지로부터 스스로 철수하여 스스
로 작아져야
비로소 소박한 위대함에 이르게 된다는 것
참된 힘은 온유함에 있다는 것
참된 힘은 뻗대고 내치고 진실에 귀 기울이지 않는
사각형 군대규율에도 있지 않고
참된 힘은 막고 뒤집고 비트는 언론플레이 여론조작
에도 있지 않고
참된 힘은 요리 빼고 조리 비껴가는 책임회피에 있

지 않고

참된 힘은 건방지게 소파에 걸치고 앉아 엉터리 소
파(SOFA)를 내대는 데 있지 않고

참된 힘은 주둔의 근거로 내세우는 방위협정이나 정전
협정을 그대 성경책 펼치듯 펼치는 사악함에 있지 않고

참으로

참된 힘은

아아 세기가 바뀌고도 마지막 남은 분단민족

그대 매카서들이 주욱죽 허리를 갈라버린 코리아민
중의 가슴에 그어진 철책선에 있지 않고

참된 힘은 그 그악한 전쟁논리 사격훈련 무기개발
살인연습에 있지 않고

고요히 자기자신으로 돌아가

자신을 분별할 줄 알고 자신을 잃지 않는 담대성을
가진

부드럽고 따스한 가슴에 있음을 명심하기까지

끝없이, 끝없이, 아니 당장 기도하라.

참된 힘은 참된 부드러움에 있나니

참으로 큰 것은 참으로 작은 것에 있나니

* 2000년 6월 16일

〈참고〉

맥아더 장군이 자녀에게 주는 기도문

주여!

약할 때 자신을 분별할 수 있는 힘과,

무서울 때 자신을 잃지 않는 담대성을 주시옵고,

정직한 패배를 부끄러워하지 않고 태연하며,

승리에 겸손하게 하는 오묘한 힘을 주시옵소서.

바라건대 쉬움과 안락의 길로 인도하지 마시옵고,

곤란과 도전에 대하여 분투하고 항거할 줄 알도록 인도하여 주시옵소서.

그리하여 폭풍 속에서 용감히 싸울 줄 알고,

패자를 가긍히 여길 줄 알도록 가르쳐 주시옵소서.

웃을 줄 아는 동시에 울음을 잃지 않는 힘을,

미래를 바라보는 동시에 과거를 잃지 않는 힘을 주시옵소서.

이것을 다 주신 다음에 이에 더하여 유머를 잃지 않게 하시고,

인생을 엄숙히 살아감과 동시에 삶을 즐길 줄 알게 하시고,

자기 자신을 너무 중대히 여기지 말고 겸손한 마음을 갖게 하여 주시옵소서.

그리하여 참으로 위대하다는 것은 소박함에 있다는 것,

참된 힘은 온유함에 있다는 것을 명심토록 하게 하여 주시옵소서.

매카서, 이젠 그만 끝내고 돌아가시 게나

神策究天文 妙算窮地理 戰勝功旣高 知足願云止
신통한 술책으로 이 하늘을 뒤덮었고
기묘한 타산으로 이 땅을 갈라쳐 두었으니
그대 이미 드높은 전공을 이루었지 않았는가
이제 알 만큼 안다면 끝내고 돌아갈 만도 할 텐데…
— 을지문덕 장군이 수나라 장수 우중문에게 보낸 시를 번안

매카서,
그대가 오기 전에 그대의 선배 매카서들이 함포를 쏘며 무례했던 걸
그대가 알고 우리가 알고 하늘이 알았듯이
1945년 그대는 점령군 사령관답게 포고문 삐라를 날리며 당당하게 이 땅에 진군하였고
1950년 인천과 원산을 졸라매는 그대의 절묘한 분단 작전은 성공하였다.

매카서,

그대 태평양전쟁에서 터뜨린 원자탄을 코리아전쟁
에서 써먹지 못했을 때 얼마나 통탄스러웠을까

그대 그때 코리안이든 차이니스든 옐로우들을 싹쓸
이 하지 못했을 때 얼마나 통탄스러웠을까

(수나라 우중문이 고구려 을지문덕을 사로잡지 않고
돌려보낸 것을 통탄스러워 했었듯이)

그대가 "노병은 죽지 않고 다만 사라질 뿐"이라고 했
던 그 유명한 말처럼

그대는 죽지 않고 다만 사라져서 후배 매카서들로
살아있다네.

그리하여 수많은 매카서들이 이 땅을 가르고 누르고
있다네.

매카서,

100여 년 전 그대의 선배들이 그러했고

50년 전 그대가 몸소 전쟁은 이렇게 하는 것이라고

모범을 보였듯이
　수많은 그대의 후배 매카서들도 잘들 하고 있다네.
　신통한 술책과 기묘한 타산으로 세울 만한 공은 다
세우고 있다네.
　그대가 하지를 내세우고 이승만 반쪼가리 정권을 잘
휘둘렀듯이
　그대의 후배들도 선배에 뒤질 것이 없다네.

　매카서,
　그대가 마지못해 작전권을 이양 받았듯이
　그대의 후배들은 베트남 코리안 용병들에게 마지못
해 악역을 시켰다네.
　그대가 제주 양민학살을 차마 막을 수 없었듯이
　그대 후배 매카서들도 역시 광주민중학살을 차마 막
을 수가 없었다네.
　그뿐 아니라네.
　그대 선배 매카서들이 인디안 사냥할 때 그러했듯
　그대 후배들도 매카서 정신을 잘도 익히고 있어

쏘고 찌르고 죽이고 찢는 것만 잘 하는 게 아니라

아이들이고 노인네고 가리지 않고 쓰레기 파묻듯 쓸
어 묻는 건 당근이고

여자라면 처녀고 유부녀고 가림없이 유방을 주무르
고 가랑이를 벌리고

콜라병을 쳐박는 걸 빼놓을 리 없고 심심하면 우산
대도 찔러넣으니

그대가 무덤 속에서 치이즈하든 카카카카 웃어대든
누가 뭐라 하겠나.

게다가 발뺌과 오리발은 이 세상에서 매카서 전통을
따를 자 없고

날아온 돌이 박힌 돌 치는 적반하장이야 그대들이
톱클래스이니

잘 만든 협정 하나 열 반성문 부럽지 않게

잘 모셔둔 고전 '소파'(행정협정) 꺼내들고 소파에
앉아 개기기만 하면

옐로우 유색인간들도 그대들 화이트 탈색인간들처
럼 탈색되고야 만다네.

매카서,

노르망디에서 그러했고 인천에서 그러했듯 그리고
통킹만에서 그러했듯

탄약은 퍼붓기 위해 만드는 소모품이라는 그 엄연한
현실을

현실적으로 잘 활용하는 그 매카서 전통이 또 어디
가겠나.

그대 후배 매카서들은

B29 무차별 폭격은 물론이고

노근리 노근리 노근리 삼천리 방방골골 그 모든 노
근리에서 잘도 쏘았네.

본래 사람 죽이기 위해 만들어진 그 총알들을 본래
목적 그대로 아낌없이 유감없이 쏘아댔고

50년 동안 매향리 쿠니사격장에서 탄약을 아낌없이
유감없이 소모하고 있네.

아니지 아니지,

과학이 발전하면 무기도 발전하는 법

아니지 아니지,

무기가 발전하기 위해 과학이 발전하는 법

총알만 소모하면 과학에 대한 모욕이 아니겠나.

그리하여 과학의 발전에 맞추어 신무기 발전을 멈추지 않았네.

무기의 발전에 맞추어 과학의 발전이 뒤쳐지지 않았네.

전투멈추기협정은 전쟁종결협정이 아니니만큼 평화협정은 더더구나 아니니만큼

그대들의 선택은 탁월했네.

휴지쪽 만들고 완전히 무시하기,

그 선택 그대로 새 군대 새 무기 끝없이 배치했네.

휴전선 155마일

(지금 이 시를 쓰는 나는 물론이고 이 땅 옐로우들은 이걸 도량형표를 보고 환산하지 않으면 몇 킬로미터인지 모르니 그냥 마일을 쓰네)

겹겹이 지뢰를 묻어두고

이 땅 봉우리 봉우리마다 핵미사일기지와 핵창고를 발전시켜 나갔네.

물론 이 시대의 스타 패트리어트도 잊지 않고 잘 배
치해 두었네.
물론 과학의 발전정신, 무기의 자연법칙에 따라
핵항공모함 핵폭격기를 준비해둔 건 두말 할 필요도
없겠네.

매카서,
전투도 좋고 전술도 좋고 전략도 좋고 전쟁도 좋지만
폴리시! 폴리시가 없다면
워페어도 스트래티지도 택틱도 컴배트도 무모하다
는 그대의 원대함을 모를 수가 없다네.
작전권, 방위조약, 행정협정, 무역협정을 쌍방적으
로 싸인하는 그 어떤 매카서도 없었듯이
매카서에 의한, 매카서를 위한, 매카서의 일방외교를
그 어떤 총알보다도 빠르고 예리하게 관철하고 있음
도 모를 수가 없다네.
그렇지,
서울 용산에서부터 부산, 대구, 대전, 광주, 의정부

캠프들에서 유에스아미 우선원칙은 물론이거니와
　성남, 김해, 군산, 춘천, 원주, 목포 그 어떤 비행장
도 유에스에어포스 우선원칙에 한치도 빈틈이 없다네.
　물론 그 비용은 옐로우가 부담, 아암암 옐로우 부담!
　그뿐인가
　그대 매카서가 갈라둔
　코리아 반도 남에서 북에서
　코리아 민중 따위야 허리가 휘든 굶어죽든 자빠져죽든
　무기강매 쌀강매 쇠고기강매 나아가 통신강매 교육
강매 의료강매……
　이 7천만 민중의 육골을 빼먹을 만큼 빼먹을 수 있는
자본의 세계화를
　이 나라 정권중독자들 내세워 잘 밀어붙이고 있음도
모를 수가 없겠네.

　매카서,
　무릇 시란 짧아야 하거늘 이리 길게 쓰는 건달시인
을 널리 용서하시게나.

다만 이 코리아에서 그 어떤 외세와 압제도 물리치고 이루어온
5천 년 역사 생명의 텃밭 생산의 터전을 일구며 살아온
자주의 민중동력
통일의 구심력
평화의 원심력을 알 만큼 안다면
그대들이 저질러온 침탈과 수탈의 20세기 100년 역사를 알 만큼 안다면
그대들이 저질러온 전쟁과 학살의 분단 50년 역사를 알 만큼 안다면
2000년대 코리아의 운명을 걸고
7000만 코리아 민중의 이름으로 말하노니
이제 그만 돌아가게나.

이제 그만!
돌아가게나!

*2000년 새해 〈평화와 통일을 여는 사람들〉 권두시

효순아 미선아

— 2002년 12월 14일 주권회복의 날,
"오만한 미국 규탄과 주권회복을 위한 10만 범국민평화대
행진"에 부쳐서

1절;

효순아 미선아 어디에서 울고 있니?

유월 봄날 꽃길이 미군장갑차에 깔리는 길이 되다니

"엄마, 오늘 따라 엄마냄새가 좋아요~"

살아오라 효순아 일어나라 미선아

못다 핀 꽃으로 죽어서 자주의 꽃이 된 코리아의 딸
들아

2절;

꽃다운 누이야 어느 하늘 떠돌고 있니?

생일잔치 나들이길이 아아 끔찍한 죽음의 길이 되다니

"엄마, 오늘 따라 엄마냄새가 좋아요~"

살려내자 우리누이 세워내자 자주나라

거리마다 촛불 밝히며 분노의 불꽃이 된 코리아의
양심들아

안돼 안돼

개들은 언제나 그래
버르장머리가 없어
백 년 전에는 콰앙 쾅!
함포외교 대포를 쏘며
한반도 백성을 약탈한 자들이야

개들은 워낙에 그래
뻔뻔스럽기 그지 없어
반백 년 전엔 부웅 붕 !
태평양군 B29 몰며
한반도 허리를 토막낸 자들이야

개들은 으레껏 그래
그악스럽기 이를 데 없어
광주항쟁도 카알 칼!
파쇼정권 살륙대 풀어
한반도 민중을 작살낸 자들이야

개들은 껀껀이 그래
잔악하기 비길 데 없어
이 산천에 터억 턱!
남북 무차별 핵폭탄 심어
한반도 전체를 불태울 자들이야

개들은 번번이 그래
엉큼스럽기 때가 없어
핑계 좋게 파알 팔!
반쪽짜리 올림픽으로
한반도 무슨 올림픽 피피— 픽!

개들은 판판이 그래
추잡스럽기 짝이 없어
이제와선 퉤에 퉤!
자국 상표 에이즈 끼고
한반도 텃밭을 욱대기는 놈들이야

안돼 안돼 에이즈올림픽은 결코 안돼
안돼 안돼 에이즈식민지는 절대 안돼
가라 가라 에이즈여 원산지로 빨리!
가라!

일본대지진 희생자들에 보내는 편지

누구에게나 슬픔은 슬픔, 아픔은 아픔
아, 이렇게 오는구나!
맑은 하늘에 날벼락 치듯
이렇게 오는구나!
그토록 지진을 조심하고 대비했건만
이렇게 닥쳐오는구나!
관동 대지진, 고베 대지진, 동일본 대지진!
인도네시아 쓰나미가 엊그제 같은데
아이티, 칠레, 뉴질랜드 지진…
중국, 미국, 호주 물난리…
아, 그리고 신의주 큰물피해!
가까이서 멀리서
재앙은 앞뒤가 없구나!

자연 재앙만이 아니었네!
히로시마 나가사키 원자폭탄 피해
체르노빌 폭발사고, 쓰리마일 누출사고

그걸로 끝난 게 아니었네!
핵 재앙은 아직도 진행형…
또한 어찌 핵폭탄 핵발전소뿐이겠나?

깨우쳐야 하네
수만 년 전 것이라지만
생물의 시체를 태우는
석유도 석탄도 가스도
시간과 공간 속에서
인간의 욕심만으로는 안 되는
자연의 것이었네!
자연을 거슬러서는 안 되는 것이었네!
물이 무섭다!
불이 무섭다!

그러나 지금은,
그 무엇보다

슬프다!
아프다!

일본 사람이 그러하듯
발 동동 구르는
모든 사람이
슬프다!
아프다!
나누세, 나누세, 나누세!
역사 속의 그것들을
현재 닥친 그것들을
그리하여
미래 향한 그것들을
그렇네 지금은,
눈물 모아 바닷물 밀어내고
한숨 쉬며 방사능 몰아내며
마음으로 하나 되세!

미움 바꿔 안타까움으로…
아쉬움 밀쳐 도움으로…

진심이네 지금은,
울고 있는 그대들에게
응원가를 보내네…
힘내라!
힘내라!
응원구호 보내네…
함께 슬퍼하며
함께 아파하며

이제는 사랑이다
— 임종철 시집에 부쳐

임헌영
(문학평론가)

1. 젖은 그대로가 아름다운 삶

약사 임종철 시인은 항상 분주하다. 오죽이나 온갖 일에 쫓겼으면 1984년에 등단, 시인 생활 30년이 되도록 시집 한 권 꾸릴만한 틈도 없었겠는가. 그의 맹렬한 활약상은 시 창작에도 그대로 나타나 전업 시인에 뒤지지 않을 정도로 열심히 많은 작품을 발표했건만 다만 시집을 엮을만한 여가가 없어서 이제야 첫 시집을 내게 된 터이다.

약학대 학생 시절부터 그를 익히 알고 각별히 친하

게 지냈던 나로서는 임종철 시인이야말로 온몸으로 뛰는 '우리시대의 투사 시인'의 한 전형이라고 감히 말하겠다. 재학 시절, 주변에서는 과연 저러고도 약사 면허증을 딸 수 있을까 염려할 정도로 저 험난했던 역사의 격랑 현장을 빠짐없이 누볐던 그다. 그때부터 문학적 열기를 발산했던 터라 약사보다 '투사 시인'이 먼저 되는 게 아닌가 하는 기대와 권고도 없지 않았는데 필시 밥벌이 때문일 테지만 약사로 단단히 한몫하면서도 여전히 그의 '현장참여' 활약은 계속되었다. 그러는 사이에 주변에서는 이미 그가 시인으로 활동하고 있는 게 당연하게 여겨졌다. 누군가 임종철 시인이 어디로 등단했느냐는 지극히 형식적인 질문을 제기했을 때 그는 시인이란 칭호를 정식으로 얻었고, 그 면류관은 약사로서의 현실참여 영역이 문화활동가까지 겸하게 되었다는 걸 의미한다. 약사로서의 임종철이 '건강사회를 위한 약사회' 회장을 지낸 뒤 '어린이의약품지원본부' 이사장 직함을 갖게 했다면, 시인으로서는 '한국문학평화포럼' 부회장으로 활동하고 있다. 그러나 그의 시가 지닌 현실비판 의식의 치열성은 이런 활동보다 훨씬 강도가 높다. 1980년대의 가열찼던 투쟁의 열기가 조금도 수그러들지 않은 그대로의 뜨거움이 담겨있는 이 시집

원고를 읽으며 새삼 나도 젊음을 되찾는 느낌이 든다.

　이 시인에게 삶은 장마철처럼 우중충하다. 연작시 「장마철에 1~8」이 그려내는 인생살이는 우리시대 보통사람들의 자화상으로, "하늘을 볼 줄 아는 아이들의 눈빛엔 / 그늘이 진다"(「여우비- 장마철에 1」). 여기서 '하늘'이란 우리사회이자 세상이며 역사인 동시에 인생살이 그 자체이기도 하다. 우리시대는 항상 장마의, 역사의 계절이었고, 그걸 소년시절부터 깨닫게 된 시인에게는 근심(그늘)으로 표상되어 나타난다. 어찌 맑은 날이 없었으랴만 시인 임종철에게 인생과 세상은 장마철처럼 펼쳐져 "술 없이는 견디기 어려운 고비"들의 연속으로 비춰진다. 그래서 마신 술 때문에 "배탈은 여지없이 찾아오고 / 참고 있자니 잠에 들지 못하는 나날"(「배앓이- 장마철에 2」)이 이어진다.

　역사의 장마는 공포의 천둥번개를 동반하기 때문에 두려움의 바닥이 어딘지, 그 천정은 어디인지 알 수가 없어 더더욱 전율한다. 그 두려움에 떨다 보면 "언제나 있는 저 번쩍임의 뒤에는 / 차라리 후련한 부서짐이 있으니"(「천둥번개- 장마철에 4」), 이 한 몸 부서지는 한이 있더라도 비여, 태풍이여 쏟아져 보라는 절규가 나옴직하다.

그러나 아무리 비바람이 몰아쳐도 가야할 역사와 인생행로의 '산길'은 아득하여, "이 길을 가야 할 것인가 말아야 할 것인가. / 비는 쏟아지는데 / 아니, 간다는 건 무슨 뜻인가. / 아니, 만다는 건 무슨 뜻인가" 하고 망설이고 있다. "벌써 날 저물어 갈 길은 캄캄하구나. / 어렵사리 손등불을 켜드는 지금 손끝"은 떨리지만, 더 이상 머물다가는 위험하기에 "주춤거리지 않게 되었다"(「산길－ 장마철에 6」).

그래서 나선 비오는 밤길이 순탄할 리가 없다. "생각도 않던 맞바람을 만난 바다는 / 바로 우리의 머리 위에서 추락한다. // 다 자란 아이들이 쓰러지고 / 들판도 쓰러져 낱알들 송두리째 썩어가도 / 살아감의 끝을 잊기 일쑤인 우리 / 우리의 집도 무너져 떠날 수 없다. / 길마저 무너져 떠날 수 없다"(「개부심－ 장마철에 7」). 이건 완전 노아의 홍수 수준이다. 뒤돌아보니 집도 무너져 버렸고, 길마저 끊긴 지경이다. 이제 주저앉아 절망을 맞을 것인가 하는 고통의 저 나락에서 시인은 한 가닥 희망을 찾는다.

버려진 것이 아름다울 때가 있다. / 버려진 것만이 아름다울 때가 있다. / 숨 멈추고 / 울장 아래 어둠의 흙 속

에 묻혀 자라니 / 곁가지를 보고야 곱다는 이 없어도 /
뿌리를 부풀리며 커가는 것들의 / 사무치는 속살이 아름
다울 때가 있다. / 밝은 햇살이 오지 않는 나날에 / 젖은
그대로만이 아름다울 때가 있다.

—「돼지감자 — 장마철에 8」 중에서

　바닥을 치고서야 새 하늘이 열리는 건 우주의 섭리
다. 장마철에 논밭 다 잃고 밤길 떠난 나그네가 집마저
팍삭 주저앉더니 종내에는 길마저 끊어져 버린 파국의
경지에서 이제 돼지감자 신세로 전락한 것이다.
　버려진 존재의 아름다움, 눈물 젖은 그대로가 아름
다운 존재가 되는 세상, 거기서 새로운 역사는 전개된
다. 그건 바로 비상飛翔, 날아오름이다. 돼지감자가 하
늘을 날게 되는 요술같은 세상이다.

　깨어지기 쉬운 꿈의 알을 품고 불안에 떠는 / 새로운
날개들은 / 언제나 아픔 뒤에 더욱 힘차다.

—「제비— 장마철에 3」 중에서

　밑바닥을 치는 아픔 가운데서 치솟을 힘이 나온다.
이런 동화적인 서사구조의 발상이 임종철 시인이 꿈꾸

는 우리시대의 비극 극복하기의 얼개이다. 마치 만해가 님과의 이별을 만남의 서사구조로 풀어내듯, 임종철 시인은 장마철의 고통을 제비처럼 훨훨 날 수 있는 손오공 술법으로 그 출구를 찾는다. 물론 여기서 난다는 것은 정말 날개를 돋게 하여 제비처럼, 손오공처럼 구름을 탄다는 게 아님을 굳이 말할 필요도 없을 터이다. 이 은유구조의 장마철 서사구조는 우리 민족사의 참담함을 극화시킨 담론으로 풀어 읽어야 한다. 장마로 모든 지상의 소유물을 다 잃듯이 우리 스스로가 모든 기득권을 다 포기할 때 새로운 역사의 장이 열릴 수 있다는 이 천지 개벽의 변증법은 임종철 시인의 치열한 투쟁시를 통해서라야 그 정교한 의미를 느낄 수 있을 것이다.

2. 빛나는 역사여 헐벗은 역사여

장마철에 길을 떠나야 할 사람들, 학대받는, 시련을 당한 사람들은 임종철의 시 속에서 '너'로 형상화된다.

너는 몸을 던지고 있다. / 저 거친 아수라장 속으로 역사의 시궁창 속으로 / 너는 너를 던지고 있다. / 가장

낮은 아름다움 속으로 / 가장 더러운 진실 속으로
　　　―「너는 던지고 있다 ― 너에게 3」 중에서

　“가장 낮은 아름다움”이나 “가장 더러운 진실”은 이미 위에서 본 ‘돼지감자’의 이미지와 같다. 사랑할 때처럼 인간이 가장 아름다운 순간은 가장 낮게, 가장 더러움(진솔함)을 드러내는 순간이며, 그 순간이야말로 ‘몸을 던지는’ 결단이겠는데, 그 던짐이란 바로 “끝없는 싸움터로 보이지 않는 싸움터로” 나서는 용기이다. 그래서 돼지감자는 하늘을 날아가는 제비가 되기 전에 먼저 ‘투사鬪士’가 된다.

　너무 살벌한 인생살이라고 불평할 독자도 없지 않겠지만 인간은 저마다의 생존 조건에 갇혀 살아야 하기 때문에 이 세상이 낙원인 경우도 있을 터이나 연옥과 지옥인 경우도 허다함을 간과할 수 없으며, 임종철이 ‘너’라고 부르는 대상은 여지없이 삶이 연옥인 ‘장마철 사람’들이다. 이런 연옥의 존재를 시인은 한 마디로 “너는 아픈데 약이 없으면 // 어쩌겠니 너는,”이라고 비유한다. 물론 생존의 상징이다. 그래서 “밥으로 살다 몸이 아픈데 / 뜻으로 살다 마음이 아픈데”(「어쩌겠니, 약이 없으면 - 너에게 1」)라고 풀이해준다. 몸의 아픔은 생존의 육체적인 조건이 최악의 상태라는 것이고, 마음의 아픔은 정신적인 각종 자유권이 박탈당한 상태를 이른다. 이 아픈데 약 없는 처지란 곧 앞에서 본 장마철에 길조차 끊긴 상황과 같다.

이런 처지의 삶을 시인은 우리 시대의 고통당하는 민중에서 찾는다. '민중'이란 술어는 너무나 보편적이라 그걸 일일이 다 예거할 수는 없는데, 임종철 시인은 우선 농부의 아들이자 노동자의 아우라고 부르는 문송면 군을 한 전형으로 거론한다. 서산중학 졸업 후 야간 고교에 보내준다는 공장(협성계공)에 취직한 건 1987년 12월, 만 14세 때였다. 불과 한 달도 안 되어서 발병, 두 달 만에 휴직계, 1988년 7월 2일 그는 세상을 떠났다. 그의 죽음은 산업안전보건법 개정과 건강검진제도의 개선, 노동자 참여 확대 등 노동조건에서 많은 진전을 가져오게 했다. 이 "수은 중독이, 산업재해 직업병"에 의한 희생이 임종철 약사 시인에게는 전문가답게 가장 아픈 대목이었을 것이다. "문송면 너를 산업병 추방 장승으로 세운다"고 시인은 문송면 10주기 추모시 「너마저 죽었구나」에서 선언한다.

같은 맥락으로 읽을 작품들이 줄을 잇는다. 가령 "공해식민지 산재왕국의 으뜸공장에서" 희생된 「전사한

김봉환 산업전사의 주검 앞에서」가 그렇다. 이어 "송인
도 동지, / 신길수 동지, / 그리고 제가 미처 이름을 모
르고 / 알아도 이루 헤아릴 수도 없이 많은 동지들"을
노래한 「죽임의 시대에서 살림의 시대로 부활하소서—
IMF 희생자 위령제 조시」도 추가된다. "IMF열사" 혹은
'세계화열사"라고 부르는 이들은 "자살을 했지만 / 당
신은 스스로 죽었다고 했지만 / 검시자들은 자살이라
고 매장허가서에 적었겠지만" 시인의 판단은 다르다.

아니었어요. / 자살이 아니었어요. / 타살이었어요. /
저들이, 저들이, 저놈들이 / 당신을, 당신을, 당신들을
죽인 겁니다. / 목매어 자살이 아니라 교살이었습니다.
/ 음독자살이 아니라 독살이었습니다. / 떨어져 죽은 것
이 아니라 떨어뜨려 죽인 것입니다. / 분신자살한 것이
아니라 분신 타살한 것입니다. (1998년 6월 20일)
　　—「죽임의 시대에서 살림의 시대로 부활하소서」 중에서

한 인물을 더 소개해보자. 1953년 경기 안성에서 태
어나 택시 기사, 시민사회운동가, 노동운동가로 민주노
동당에 입당(2000)하여 활동하던 허세욱은 2007년 4월
1일 한미FTA에 반대, 협상장(하얏트 호텔) 정문 부근

에서 분신, 4월 15일 숨진 투사다. 임 시인은 아직 허세욱이 생존해 있었던 2007년 4월 11일, "동지의 쾌유를 기원하며" 시 「온몸불꽃 허세욱」을 썼다.

이 일련의 생계형 역사의 희생자들을 시인은 '너'라는 집단으로 묶어낸다. 시집에서 '너' 시리즈는 바로 민중상의 투사投射다.

"일하는 손이여 / 땀이 삶이고, 땀이 꿈이고, 땀이 힘인데 // 오오 일하는 손이여 / 너의 몸속에서 게릴라전이 벌어지고"(「오오 아름다워라, 일하는 손 – 너에게 4」)라는 구절에 담긴 손의 주인공은 바로 민중이다.

우리 시대의 무수한 '고통 받는 자 혹은 수난자'를 '너'로 설정한 시인에게 그 '너'란 바로 억압과 피해와 희생의 객체지만, 변혁의 관점으로 바라보면 역사의 주체가 된다. 돼지감자처럼 버려졌던 '너'가 시대를 바꾸는 '바람'과 '사랑'과 '역사'의 주인공으로 격상하는 모습을 시인은 이렇게 노래한다.

너라고 불러본다 바람이여 / 뜨거운 바람이여 사나운 바람이여 // 너라고 불러본다 사랑이여 / 따스한 사랑이여 서글픈 사랑이여 // 너라고 불러본다 역사여 / 빛나는 역사여 헐벗은 역사여.

버림받고 학대당하던 '너'라면 누구나 변혁의 주체로 전환할 수 있을까? 시인의 생각은 그렇지 않은 것 같다. 오로지 '불'을 가질 수 있는 자만이 역사의 주인으로 변신할 수 있다는 게 임종철 시인의 의견이다.

3. 들풀이여 들불이여

시인은 들풀이 식량도 되지만 약초도 된다고 풀이한다. 그 식량이나 약초가 일단 제 기능을 다하고 나면 바로 "오오 들불이여. 민족이며 역사인 들불이여"로 승화시켜야 한다는 게 이 시인의 역사의 '들불론'이다.

"작은 불꽃으로 일어나 온 들판으로 번져가는 들불이여 / 번지고 욱대기며 독충들을 죽이고 / 새들판을 이루리라 / 비바람 폭풍우에 타다 못 타면 / 내일을 여는 불씨로 남아 / 봄바람 새바람에 피어올라라 / 스스로를 사르며 온 들판을 태우라. 태우리라.

— 「들풀이여 들불이여」 중에서

역사의 현장(들판)을 태우는 열원인 불쏘시개로서의 임종철 시학은 불이라고 다 받아들이지는 않는다. 불 중에도 화기도 없는 「도깨비불」을 시인은 배격한다. "게서 그리 어지러이 춤추고 있은들 무엇 하리 너 / 뜨거움도 없이 환함도 없이 너"는 "해마다 희끗희끗 날리는 첫눈처럼"(「도깨비불」) 도리어 열기를 식히는 혁명의 소방수 역할에 지나지 않는다. 그런 가짜 불이 우리시대의 정도를 훼방하기도 하지만 임종철은 오로지 역사의 찌꺼기를 제대로 태울 줄 아는 들불만을 찬양한다.

예를 들면 대보름 불놀이를 시인은 "겨울 벌판에 저리 오만하게 누운 논두렁"을 "저주할 소유의 경계선"으로 보면서, "모든 분단을 녹여버리고 싶으이 횃불이여"(「불놀이」)라고 노래 부른다. 그러다 보면 "시뻘건 동은 쉬이 트고야 마이"라는 끝 구절이 새 역사의 지평을 여는 신호로 다가선다.

그런 불, 재앙을 사르고 복을 가져오는 인류 평화의 축제로서의 불을 시인은 「불꽃」으로 승화시킨다. "춤이랄까 / 드난살이 일깨우는 춤이랄까"라면서 불꽃의 넘실대는 모습을 시인은 환호작약한다.

    너울너울 이 꽃의 자락 펼쳐지면

잠든 저 바닥의 느껴움도 살아나 피어오르고
늘어진 성욕도 게으름 떨치며 솟아올라
해해 묵은 자리, 내내 마른 댓돌머리
제자리 걸음마 박차고
어깨춤으로 풀무질로 내달음으로 나아가게 하는
이 꽃을

무어랄까
퍼짐성 없는 덩어리들 굳은 살갗들도
이 꽃 그리매 일렁임과 맞닿으면
또한 새로운, 새로운 꽃으로 피어나니
꽃이 꽃을 피워내는 이 꽃을
이 꽃다운, 꽃다운 꽃을 무어랄까

등사기랄까 돌팔매질이랄까 화염병이랄까
악몽 속의 바위 위에 깨어지는 달걀처럼
깨어져 바닥을 물들이며 스러지는 맨몸이랄까
꿈이랄까 정열이랄까 자유랄까 민주주의랄까
핏자국 그대로 철벽을 넘어서는
이 꽃을

— 「불꽃」 중에서

불꽃은 쉬 타오르지 않는다. 그래서 시인은 「곁불」을 쓴다. 삭정이 불 지펴 잉걸불로 키워 "더운 불, 더 큰 불 / 가슴 활활 풀어제낄 뜨거운 불"로 살려낸다. 그러려면 "내 손으로 내가 살라 / 불이 불을 부르도록 / 그리하여 짙어지는 뜻, 그 풀이 / 살풀이 일풀이 에헤이 풀어야지 몸풀이"(「곁불」)로 불의 쓰임새는 점점 늘어난다.

이렇게 들불을 지펴 임종철이 태워버리고 싶은 건 뭘까. 그건 아래 시가 멋지게 축약해서 잘 정리하고 있다.

반독재 반파쇼 반양키 반매판 반독점 반독선…
반분단 반냉전 반공해 반폭력 반고문 반불신 반불의 반위선 반위악…
반봉건 반권위 반언론 반문명 반부패 반도덕 반패덕 반억압 반위축…
반조작 반조사 반문화 반교양 반종교…
반체제 반정부 반무기…
반족벌 반혈연 반지연 반세대…
반유행 반실속 반환락 반생활 반생존 반비굴…
반시민 반규격 반통박 반눈치 반튼튼 반빌빌 반툴툴…

반, 반, 반, 반, 반, 반, 반……
—「분노가 에너지로 살아날 때 – 너에게 2」 중에서

한국의 현실비판 의식이 담당해야 될 모든 운동의 총 집성인 이 시야말로 임종철 문학을 이해할 수 있는 기호일 것이다. 이 시집에 실린 작품 중 큰 비중을 차지한 것이 "반양키"인데, 그 제목만 소개하면 「에므왕」「안 돼 안돼」「아아 사랑하는 아메리카여」「매카서 군대에게 포고함」「매카서의 자손에게 주는 충고문」「매카서, 이젠 그만 끝내고 돌아가시게나」「매향리 넋걸이」「최소 요구조건」「아, 이 손맛!」「효순아 미선아」 등이다.

4. 꽃 하나에 꿈 하나

이처럼 장마철의 수난에서 돼지감자처럼 버려져 묻혔다가 바닥을 치고 비상하여 새 세상을 위한 들불이 된 임종철의 시세계는 마침내 기름진 대지에 뿌리내려 한 송이 소담한 꽃으로 피어나야 할 전환기를 맞게 된다. 그래서 시집에는 연작시 「꽃밭에서 1~12」가 돋보인다. 장마철의 비를 맞으며 끝내는 역사의 새 개화를 알려주는 서사구조가 바로 이 시집의 기본 줄거리이다.

"애초엔 팍팍한 돌밭"이었으나, "언젠가 일찍 잠깬 일꾼(투사들)들이 일어나" 가꾼 덕분에 꽃밭이 형성되었는데, 그 교훈은 "사람이 꽃으로만 살 것이 아니라 / 뿌리로 살아야 한다"(「희망사항」 중 '1. 꽃밭')는 것이다. 흔히들 꽃만 찬양하고 뿌리를 돌보지 않는데 비하여 임 시인은 유난히 뿌리를 강조한다. 그것은 장마철에 버림받았던 돼지감자처럼 고통의 심연을 겪었던 사람만이 가진 예지일 것이다.

꽃밭 연작시는 임종철의 시에서 아마 가장 서정적인 예술성 짙은 성과일 것이다.

「붓꽃 – 꽃밭에서 2」는 마음의 방랑자거나 사상의 순례자, 혹은 혁명시인이었던 붓꽃이 "글밭에만 머물기가 갑갑하여, / 쟁기질혁명의 죽창이 되고자 / 그리움으로부터 싸움의 들판으로 나아가 / 나아가 / 마침내 이 눈물과 핏물의 땅에 이르렀는가"라고 노래한다.

「개나리꽃 – 꽃밭에서 4」는 "겨울은 끝장났다. 너희들은 완전히 포위되었다."고 서두를 선포한다. 이어서 "동지들 모여서 함께 일어나는 꽃의 행렬 / 비탈을 오르고, 둘러서서 비탈을 지키는 꽃의 어깨동무 / 저 환한 꽃의 스크럼 저 따스한 꽃의 바리케이드"라고 외친

다. 그러다가 마침내 "겨울은 끝장난 것이다./(중략)/ 우리는 이기고 있는 것이다. / 너희들은 완전히 포위된 것이다."라고 끝맺는다.

꽃 타령 중 단연 우뚝 솟은 건 「진달래꽃 – 꽃밭에서 5」 이다. 이 시 가운데에는 시인의 역사의식과 투쟁의식, 그리고 상처받은 영혼의 외침이 깊숙이 각인되어 있다.

시인은 먼저 진달래를 "전투의 꽃", "평화 사수의 꽃"으로 자리매김 시킨다. 이어 진달래는 "놀이의 꽃", "생산의 꽃", "사랑의 꽃"으로 확산되어 우리 온 강산 을 뒤덮는다.

봄이 왔다고 어찌 마냥 좋은 세월이겠는가. 「박꽃 – 꽃밭에서 8」에서는 "제비를 덮친 뱀이 지금도 살아 있어 요"라며 도리어 살벌해진다. 봄엔 꽃만 피는 게 아니라 뱀도 깨어나지 않는가. "노동자를 덮치는 능구렁이들", "독기를 품고 일꾼들을 물어뜯는 / 독재 독점의 살벌한 이빨들"이 설치는 것도 봄이다. 그래서 "다친 제비들 노동자들 우리 일꾼들을 고쳐 줄 / 그리하여 박씨 한 알 얻어낼 / 흥부는 어디 있나요?"라고 시인은 춘래불 사춘春來不似春을 한탄한다.

이제 마지막 한 송이 꽃을 볼 차례다.

꿈이 있었네
하얀 눈 위에 부서지는 햇빛만큼
맑고 눈부신 꿈
그리움이 있었네
밤사이 눈썹이 세도록 재우고 재워둔
달빛 같은 그리움
향기가 있었네
작은 땅 작은 뜨락에 뿌리내릴지라도
높이높이 멀리멀리 피어오르는 향기

흘러가는 세월로부터 밀려오는 새날에 새겨두는
꽃들 낱말들, 꽃들 낱말들, 꽃들 낱말들……
앞서가는 세월 밀려오는 새날 앞뒤가 뚜렷하므로
앞뒤 한복판에서 가슴 한복판에서
꿈으로 그리움으로 향기로 터져 나와
꽃 하나에 꿈 하나, 꽃 하나에 그리움 하나, 꽃 하나
에 향기 하나
가득가득……
선언서보다도 선명하게 선언하고 있네
이제는 사랑이다
사랑의 4월이다

사랑으로 선언하노니, 싸움의 시작이다.

—「목련 – 꽃밭에서 12」

장마, 역사의 질곡, 들불의 투쟁을 거쳐 임 시인이 정박한 꽃동산에 이제 목련 한 송이 보면서 이 시집을 떠나도 좋으리라. 이만한 노래, 투쟁에도 목련처럼 사랑을 담을 줄 아는 투사라면 그 시도 약사로서의 인간미도 신뢰할만하지 않는가. 그래, 이제는 사랑이다. 투쟁도 반대도 사랑으로 시작해서 사랑으로 끝내야 한다.

첫 시집은 늦었지만 앞으로는 그 늦깎이를 극복할 만큼 속도를 내어 많은 문학적 성과를 이룩해 주기를 바란다. 임종철 시인, 열렬한 지지와 응원을 보낸다.

▪ 임헌영 문학평론가

1941년 경북 의성에서 태어나 중앙대 국어국문학과와 같은 대학원을 졸업했다. 1966년 『현대문학』을 통해 문학평론가로 등단했으며, 『월간독서』, 『한길문학』, 『한국문학평론』등 여러 문예지의 편집주간으로 활동했다. 현재 중앙대 국문과 겸임교수이며 민족문제연구소 소장, 한국문학평화포럼 상임고문으로 활동하고 있다. 지은 책으로는 『민족의 상황과 문학사상』, 『한국현대문학사상사』, 『문학과 이데올로기』, 『분단시대의 문학』, 『우리시대의 소설 읽기』『불확실 시대의 문학』 등이 있다.